红酥手

郑凌红／著

春风文艺出版社
·沈阳·

图书在版编目（CIP）数据

红酥手 / 郑凌红著. -- 沈阳：春风文艺出版社，
2025. 1. -- ISBN 978-7-5313-6844-1

Ⅰ. I267

中国国家版本馆 CIP 数据核字第 2024585AL5 号

春风文艺出版社出版发行
沈阳市和平区十一纬路 25 号　　邮编：110003
四川科德彩色数码科技有限公司印刷

责任编辑：仪德明	助理编辑：余 丹
责任校对：陈 杰	印制统筹：刘 成
装帧设计：书香力扬	幅面尺寸：145mm×210mm
字　　数：188 千字	印　　张：8
版　　次：2025 年 1 月第 1 版	印　　次：2025 年 1 月第 1 次
书　　号：ISBN 978-7-5313-6844-1	定　　价：56.00 元

版权专有　侵权必究　举报电话：024-23284292
如有质量问题，请拨打电话：024-23284384

序言：问世间情为何物

1

　　人活一辈子，一个情字贯穿始终。亲情、友情、爱情，三情主打，串起了芸芸众生的一生。不知道从什么时候开始，想着写一本关于爱情的书。写，是一种比较理想的说法。我知道，让文字成为别人眼中的"写"很不容易。就像讲故事的人，不光要有对应的样貌，还要有体态、道具、声音等的加持，如此才会让人身临其境，感到值得一听。

　　文字比讲故事难，说到底它倒是更像一种职业，要有专业的底蕴和不变的情怀。专业的底蕴，来自学识的积累和丰富的人生阅历。在学识方面，毕竟吾生也有涯，吾知也有涯。在阅历方面，你认识的人，你听到的故事，你感受到的他人的思想传递或许是值得你在某一个瞬间有所触动的。这样的触动如果能记录下来，并带着真挚朴实的情感，至少可以打动一部分人。

　　我知道，有些故事注定没有结尾，不声不响也许也是一种结尾。多岗位的经历，让我更多地接触了生活的多样性。于是，记着的不光是那些花儿，更多了对世间女子的探求。后来，日子波澜不惊。如果有值得一提的或许还是经历的岗位和旅途中的那些遇见，以及与某些"众生"的交集。

像一个四处游荡的孤魂野鬼，有时候我坐在长亭外古道边，把自己想象成蒲松龄，听着别人的故事，想着怎么写好自己的故事。魑魅魍魉对应的是虚无缥缈的心境，别人看似雾里看花，自己看却心如明镜。那些故事和感悟，与现实中的人物偶尔会对应，原来大悟也可以在平凡的嘀嗒秒针里。

2

爱情的感悟随着时间递进，若说有遗憾，必然也随着时间走。时间从指缝溜走，飞向更高远的天空，和一只老鹰的理想珠联璧合，不知疲倦，不舍昼夜。好像是挂上了一串风铃，在四季里摇曳，惹人怜爱。

人生或许遍地可见姻缘。可是这些姻缘散落在广袤的大地或是更未知的领域，像幽灵一般让人琢磨不透。或许，爱情和人生一样都是无解的。无解并不是遗憾的事，而只是代表了一种无常。因为，在情感的定义里，每个人会随着时间、心境、经历的不同而产生不同的态度。就像此刻的你，此刻的我，想表述的心情以及你某一个刹那刚好遇见这些文字的心情，定然也是不一样的。

千百年来，爱情的魅力就在于纠结，在于爱而不得，在于爱恨交加，在于爱了便放不下，所有这些是万千个"我"的投影，也是"我"的甜蜜和忧愁。

从古到今，这样的形象总是充满了光怪陆离的表情，即使不动声色，也到达不了心中的另一极，世界的另一极。

有人说，写作是为了在寂寞的时光中倾听自己。倾听也好，自娱自乐也罢，在过程中总是纠结的，就像再光鲜亮丽的爱情，在每一个人不时时可见的日常里，多半充满了矛盾、无奈和枯燥，你需要像个永动机一样永不停歇，走完属于自己的路，说完自己看到的、想到的、写过的爱情故事。爱情，有很多种。单恋，多恋，互恋，虐恋，痴恋，苦恋，绝恋，空恋，表现形式不一，这些形态构成了世界斑斓的一种，让人生变得有趣，变得可以期待。

人生苦短，我以慌乱的心情来对待遇见的人和事，感慨爱情的脆弱、变化、无常。

日子在指尖快速划过，来不及感慨，刚看见秋的淡淡凉意，冬天就迫不及待地想登场。就像一个个美妙的女子，身边总是不缺乏若隐若现的爱慕者。我以个人视角，感慨"爱无常"，感慨"爱不得"，感慨"爱别离"，觉得"爱有道"，探究"爱心理"，似乎想给自己的所见和所想做一些小小的回顾，还奢求产生一些触动的效应，让世间的善男信女，在某一句话或是某一个词语里，感受真心。如果能有再多一点的认同，那就欢呼雀跃了。

爱情，带着私人的定义。因此，我把自己的名字拉出一个字，以"言"的形式开启自己的一段自说自话，谓之《红言爱情》，后改为《红酥手》。

秋风浮动，你我缘起。

是为序。

甲辰年惊蛰

目 录
CONTENTS

甲卷　爱无常

待他如子 / 002
男女都黏人 / 006
惆怅与哀愁 / 010
女人本无解 / 014
晚睡的猫儿 / 017
喜欢你，没道理 / 021
无须太了解 / 025
谁在倾听你 / 029

红酥手

乙卷　爱不得

各自安好　　　　　　　　　　　　　　／　034
她不爱我　　　　　　　　　　　　　　／　038
皮囊与灵魂　　　　　　　　　　　　　／　042
雨天想念的人　　　　　　　　　　　　／　047
不只有舒适感　　　　　　　　　　　　／　051
曾相爱，泪在滴　　　　　　　　　　　／　055
这样的女子　　　　　　　　　　　　　／　059
哪有永垂不朽　　　　　　　　　　　　／　063
你若安好　　　　　　　　　　　　　　／　067
各自奔天涯　　　　　　　　　　　　　／　071
时间酿美人　　　　　　　　　　　　　／　075
岁月不曾走　　　　　　　　　　　　　／　079

丙卷　爱别离

分手要体面　　　　　　　　　　　　　／　086
喜之浅，爱之深　　　　　　　　　　　／　090
时光里的爱　　　　　　　　　　　　　／　094
爱回忆　　　　　　　　　　　　　　　／　098
两情久长时　　　　　　　　　　　　　／　102
等　　待　　　　　　　　　　　　　　／　107
情如丝　　　　　　　　　　　　　　　／　111

丁卷　爱有道

风一样的男子 / 116
懂得便是深爱 / 120
勇敢去爱 / 125
用尽气力讨好 / 129
爱的休眠期 / 133
爱的验证码 / 137
给他一个高度 / 141
自己的标准 / 145
从来不平等 / 149
随他吧，随她吧 / 153
刀锋战士 / 157
先管好自己 / 161
比女人更细腻 / 165
只做达令 / 169
此刻，最动听 / 173

戊卷　爱心理

两种爱 / 178
为什么要结婚 / 182
爱要坦荡荡 / 186
救哪一个 / 190

我理解的女人	/	194
和自己恋爱	/	198
都喜欢怀旧	/	202
棋逢对手而已	/	206
爱你的，你爱的	/	210
一直懂得	/	215
给的特别，才是爱	/	219
不想长大，不想结婚	/	224
爱情的模样	/	228
真爱是一种颜色	/	233

后记：爱是私人的标签 / 237

甲卷 爱无常

总是以为一切刚刚好
却不知道风雨总在路上
一样的风景
看过的人
难免有不同的感受
一朵花开了
一朵花凋零了
春天来了
春天又走了
谁知道故事里的乡愁
抵不过无常的爱
像最深的夜那般
寂寥，惆怅
欲语还休

红酥手

红酥手

待他如子

　　这个世界，男人在观察女人，女人也时时刻刻在观察男人。婚姻中，有很多女人，会把自己的男人看成儿子，并以这样的角色定位融入婚姻生活的全过程。

　　她看他，表面上是疼，实际上是放不下手。就像看她的儿子，总以为是自己身上掉下来的肉，懂得他的每一次呼吸，以及由此带来的种种表现。可是她忘了，男人是另一种生物，他的世界并非她的世界。尽管她看他如子，待他如子，可对方不一定会感觉到快乐，甚至，会因此迷茫，直至潦倒。

　　她疼他，或许是年龄大他几岁，心理上更成熟，想得更周到。她觉得，自己面对一个年轻的身体，该付出些什么，爱他就得对他好。而这些好，在她眼里是一些生活琐事。她没有大的追求，不能成为他肚子里的蛔虫。没有锦囊妙计，她的爱在日常。

　　她疼他到极致，怕他难过，怕他被欺负。

　　她尽量满足他的要求，甚至宽恕他的错误。

　　她什么事都想管，想解决问题，成为有求必应的观世音。

她想通过自己的付出，持续建立在他心里的 IP。

她想成为他眼中勤劳、善良、无所不能的代言人。

譬如吃早餐。男人想吃包子、油条、大饼、稀饭，她说，我去买。男人又说，他喜欢的包子、油条、大饼、稀饭在某某位置，是指定的哪家哪家，她一一记下，欣然前往。男人的七大姑八大姨住院了，他说没时间，你可不可以替我去看看。尽管有些人她见都没见过，但为了他，她说，好的，你把联系方式给我，我来吧。她替他完成了一些人生中在他的世界里本该他出现的、重要的场合。那些经历，他毫无知觉。她却记在心里，有了不一样的感受。

在夜深人静的时候，他在床上鼾声如雷。结束了一天的工作，她也疲惫。看着身边这个熟悉的男人，却有了一丝陌生感。可是，骨子里的母性又让她爱意泛滥，容下了他所有的错、所有的不曾参与。她在心里说，这就是命吧，嫁鸡随鸡，嫁狗随狗。这样想着的时候，不知不觉卷进了夜色的被窝里，新的一天又在来的路上，马不停蹄。

他原本不喝酒。可生活的不如意，总让他少了刚结婚时的那股子自信。一开始是借酒浇愁，半推半就。到了后来，喜欢应酬各种各样的局，像中了蛊。有一次喝得烂醉回家，哭着对她说，我好累。她心一软，忘了这样的场景是家常便饭，却依然大方地把他搂进怀里，对他说，你为这个家辛苦了。多像一个母亲对自己的孩子，总是不忍心责骂、责罚、责备，默默地转过身，流着一个人的泪。

我想，如果简单地分，这个世界上有两种女人。一种是仰望型的，是大叔控。一种是俯视型的，喜欢小鲜肉。

红酥手

  大叔控，因为年龄，有安全感，有沧桑感，有阅历，会疼人。小鲜肉，新鲜，活泼，萌宠，细腻，我见犹怜，勾起保护欲。特别有母性的女人，见了小的，总忍不住去宠，喜欢把自己的老公当成孩子。明知道他身上有一堆缺点，却听不得半句差评，自以为凭一己之力，能摆平两个人在一起所有的血雨腥风。所以很多能干的女人，其实在你看不见的背后，她的老公不见得有多么优秀，大多只是表现平平。可为什么没有分开，或许是中国传统女性骨子里对婚姻的遵守，抑或是她的老公性情温顺，本分老实。只是很多人在见到当事人之后，难免都会感叹：真是一朵鲜花插在了牛粪上。

  在她们的无声世界里，或许宣告了这么一种事实：嫁给男人，不是要男人疼她，是她要疼男人。我就是女汉子，我愿意做别人眼里的男人。的确，在大千世界中，看似柔弱的女子，却又有非同寻常的刚强和固执，顶起了婚姻世界的大半边天。

  新闻里早年报道过一则消息：河南一个身高2米45，重300斤，却体弱多病的男人征婚，居然应征者众。

  有人写情书，有人打爆热线，有人单刀直入想相亲，有人默默留下字条，求人转交。

  一个湖南的妹陀[①]说，他的腿脚不便，他要找的是一个真正爱他的人，这一点我能做到，我知道怎么做才是疼他。

  是啊，女人说到底是喜欢照顾人的，或者说心底的母爱很容易被激发，会以微同情的心理去接近男人、体贴男人、照顾男人。这

---

① 妹陀：指女孩子。

样的倾向贯穿于她们的一生，像一个劫，躲不了，破不了。

认识朋友圈中的一位丈母娘，她曾以自豪的口吻，描述她作为"有母性"的女人的生活状态。

她说："我的儿子、我的女婿在家都做家务。"

"我先生他这一辈子没进过厨房，没排队买过票，没挤过菜市场。"

"他埋头写作，有时候腰直不起来，我就听他口述，然后用笔记。"

"他比我小，我想多疼疼他没有什么不对。"

也许年轻的时候，男人都是驰骋沙场的英雄，为了把女人追到手，起头的状态是天天打了兴奋剂。他们比谁都狠，绞尽脑汁，频频表现，但是真有了家，就成了睡着的狮子。

有些女人喜欢管，喜欢自己动手，看不惯家里的小事一桩桩堆积起来，没有处理。她也喜欢对男人的行踪密切关注，需要了如指掌，需要一五一十，这些势必让男人慢慢变得像儿子，想撒娇，喜汇报，绕事走。

有人妙言，女人一生只有两个阶段，婚前是女儿，婚后是妈妈，中间一小段是太太。有了孩子，女人就成了妈，刚强得不得了，累得像匹马。成了妈妈，就像母狮，要保护小狮，还要保护雄狮。因为雄狮比较懒，不喜欢捕猎，只喜欢静静。

对他，她的眼里有失望，有迷惘，更有期待和笑容。她相信，有了她的陪伴，拔刀相助，一路护驾，她会让他开心，让他变好。她也知道，这一路风霜雨雪，她的承担会多一些，甚至多很多。

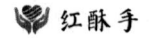

男女都黏人

黏人，指依恋别人，不愿分开。在成年之后，这多适用于爱情。曾问过一些女孩子，什么样子算黏人，大体得到以下回答：每天都想要见你。每天不断给你发消息。你晚点回消息就会生气。总是问你爱不爱他。当着你的面撒娇。

这些，在我看来，多指在恋爱状态。如果是进入婚姻，那黏人的境界或许会更高一点。我想着大体也有以下几种：每天都想翻看你的手机。问你什么时候下班。叫你周末提前安排。及时回复她的消息。带孩子的时候，拖上你一起忙碌。

男女之间的黏人，是不同的。黏人的男人，也很可怕。他是没有成熟的男孩儿，也是不懂风情的无趣之人。

男人黏人，会有事没事老找你。不想让你和闺密玩。会以孩子为由，把你从你的快乐中抽出来。不擅于做决断，不忙于自己的事业。

由此看来，男女总是容易陷入黏人的状态。初始的黏人是小心思的爱，可如果黏人的频率和厚度太深，那就有点闹心了。长此以往，黏人的女人和黏人的男人，都成了这个世上的毒药，毒了自己，也毒了对方。

黏多可怕，不是简单地依靠、被需要，而是像胶水，似糨糊。想甩甩不掉，想洗洗不净，等干一时干不了，心里还留后遗症。彼此像一只猴子吊在对方身上，放不开手脚，因为太害怕失去对方，太想控制对方，而让彼此的对话和关系走向衰落和颓废。

说到底，黏人的女人和黏人的男人一样，都缺乏安全感。忙碌的社会，忙碌的生活，每个人都在演绎自己的故事，可是我们的观众很少，时刻被孤独包围，懂你的人很少，对爱人的依恋占据了心灵的大部分空间。我们难对现实有长驱直入的好感，对未来也没有勇往直前的兴奋感。这样的不安，表现在不自立、不成熟、无所事事，有想做的事也静不下心去做。身边有不少这样的男女，无论是在婚前婚后，都有这样的困惑。

A君是上班族，在公司大小是个官，每天的工作忙得团团转。可是，老婆老是在工作时间打来电话，让他哭笑不得。接了电话，无非是中午有没有空啊，一起吃饭，陪我逛街，帮我看看衣服之类的事。事是小事，但不好对付。

他心里想着，女人真会来事。但也常常无奈。陪吧，没有个终点。不陪吧，她又不能理解。可是，婚前她就是小鸟依人，家里千金，娇生惯养，喜欢黏人。她说，这是朝朝暮暮的恩爱。可是他也清楚，这是朝朝暮暮的无奈。只能做一天和尚撞一天钟了，不想打破现有的格局，只有自己先忍着，做些牺牲。

书上说过，距离是润滑剂，太近了就成了透视镜，把一方的缺点照得原形毕露。真是这个理儿，无论是啥关系，都应该保持一定的距离。太近了，就是自己对着镜子里的自己，也会觉得细看极丑。

可是，女人多半不这么想。她觉得，一个男人爱她，是希望时刻见着她的。一个男人爱她，是会瞬间回复她消息的。一个男人爱她，是不可以点别人朋友圈的赞的。一个男人爱她，是不可以偷看别的漂亮女人的。她必须是他的唯一审美巅峰、赞美巅峰，毋庸置疑，时时刻刻。

于是，我明白了作为男人的难。应对的事一大堆，还要哄着女友或老婆开心。在每一天如履薄冰。陪不好，就成了罪人。两人之间的关系，会因为对方的反应而影响到工作及生活常态。

黏人的女人是小猫，没捉过老鼠，喜欢一个人玩，或者同伴太少。她喜欢蜷缩在自己的世界里，老公、男友、孩子成了她最绕不开的话题。她会觉得，自己把这些看得这么重，是男人心目中的贤妻良母、乖巧公主，值得被爱。

黏人的男人是小狗，喜欢跟着主人，喜欢闻着骨头打转。女人是他的主人，他的骨头。他们或许年幼之时跟母亲的日子更多，母爱太多，父爱太少，骨子里变得太柔性，阳刚之气不足，优柔寡断，会对女友、对老婆言听计从，也就容易因此吃醋，心里起伏。醋吃多了，女人就会烦。她心里会想，我是找照顾我的人，不是找个小弟弟或是儿子，自己没照顾好自己，如今还要照顾你，真是见了大头鬼。隔阂和交流的不畅便引发矛盾升级，吵架，僵持，情绪化，冷战，循环往复，疲惫不堪，不想收拾，直至分道扬镳。

世界这么大，谁都有想一个人静一静的时候。

世界这么大，谁都有自己的朋友圈。

世界那么大，谁都有不能说的言不由衷。

世界那么大，有些话也不见得能和心上人说。

世界那么大，谁都想窝在自己的角落里，去疗愈自己脆弱的心。

闺密是什么，兄弟是什么，心照不宣的默契，眼神交流的快感，毫无掩饰的从容，推心置腹的畅谈。而这些，在老婆那里很难有，在老公那里也很难有。不是所有的结合，都代表了过去和当下的完美。恋爱和婚姻，无非是一道无解的方程式。就像婚姻的结合，总掺和了太多的因素，并不总是门当户对。哪怕门当户对了，窗外的风景和看风景的心情也有不同。那么长的路，那么多的人，那么多的外在，谁能保证一切情况下的自我清醒，两两欢心？

电话，短信，微信，不断地问，刨根问底，歇斯底里，一站到底，最终只会让彼此的厌倦升级，信任降级。

阎王好过，小鬼难缠。黏人的人，无疑是小鬼。缠得多了，黑白无常，心神不宁，六神无主，终究成了人不人鬼不鬼。

女人要内在完美，外在璀璨。

每个男人都是一阵风，但面对严冬有人迷失自己，真男人始终捍卫自己的方向。

我们都有自己的事要做。

愿我们在感情里不再黏人，偶尔黏人。

如此，执子之手之路才更畅，更远。

红酥手

惆怅与哀愁

在爱里,每个人都惆怅的吧。惆怅的原因大抵上是复杂的,但无外乎多是琐碎的事。很多时候,男人和女人在对待一件事情上的看法,会超出你的想象。惆怅,由此而来。

比如,她刚买了一条裙子,在你面前兴冲冲地问,好看吗?你怎么回答呢?有人简单两个字:漂亮。她会觉得敷衍。有人简单三个字:还好吧。这个更要命,她会理解为不漂亮,比敷衍更严重。由此还会旁枝逸出,展开丰富的想象。

是不是觉得我太胖啦?

是不是嫌我太会花钱啦?

是不是觉得我的审美不行,这条裙子根本不适合我?

是不是对我没了兴趣,根本不想正眼多瞧上几眼?

是不是有了别人?

简直不敢往下想,简直充满了想象力。这些,对一个男人来说,是最惆怅的。惆怅在于,你得花很多的时间去了解一个女人,去进入她的世界,去解答她的奇思怪想。你不得不承认,在这方面，男人多半是不及格的，或者说是不虚心学习的。

惆怅听之任之，会进入另外一个领地，叫哀愁。哀愁也是量变到质变的过程，没有无缘无故的哀愁，只有不被注意的异变。像基因，是会突变的，悄无声息地来。

男人大多习惯沉默，习惯把自己的心事往肚子里咽下。他们天生不擅于分享，喜欢自我疗伤，疗愈不了的只有积压。而女人不一样，她们的惆怅尽管也有，但疏解的渠道有很多。一顿美食，一顿吐槽，一场旅行，一次自我的痛哭，都会让惆怅过去，不留疤痕。在她们的字典里，"当下"是生存或感知的主角，在光怪陆离的世界里，她们用享受当下的片段去抵抗平庸生活里的惆怅，包括爱情，包括那些有可能发生的哀愁。哀愁也会袭击她们，只是这多半是因为她们对一个人、一段感情绝望了，自我缴械投降了，才会产生。

恋爱里的哀愁不常有，婚姻里的哀愁比较多。因为，恋爱里的烦恼都是小烦恼，而婚姻里的烦恼，是由小烦恼组成的大烦恼。这些小烦恼不容易解决，也最容易忽视，你一旦处理不好，就升级了，变成麻烦。麻烦就是大烦恼。比如，你忽视她的感受。你常常晚归。你和她的三观不合。你没有细心地照顾她。凡此种种，都是哀愁的导火线。

金庸《飞狐外传》里面对苗人凤、南兰、田归农有几段情感的阐释，如今读来也颇有意蕴。

一段是：她要男人风雅斯文、懂得女人的小性儿，要男人会说笑，会调情……苗人凤空具一身打遍天下无敌手的武功，妻子所要的一切却全没有。如果南小姐会武功，或许会佩服丈夫的本事，会懂得他为什么是当世一位顶天立地的奇男子。但她压根儿瞧不起武功，甚至从心底里厌憎武功。因为，她父亲是给武人害死的，起因在于一把刀；又因为，她嫁了一个不理会自己心事的男人，起因在于这男人用武功救了自己。

又一段：她一生中曾有一段短短的时光，对武功感到了一点兴趣，那是丈夫的一个朋友来做客的时候，就是这个英俊潇洒的田归农。他每一句话无不在讨人欢喜，每一个颜色无不是软绵绵的教人想起了就会心跳。但奇怪得很，丈夫对这位田相公却不大瞧得起，对他爱理不理的，招待客人的事就落在她身上。相见的第一天晚上，她睡在床上，睁大了眼睛望着黑暗的窗外，忍不住暗暗伤心，为什么当日救她的这位不是这位风流俊俏的田相公，偏生是这个木头一般睡在身旁的丈夫？

看到文中的段落，彼时我的心态是复杂的。从一个男人的角度而言，带着一点点哀愁。为女人的难解哀愁，也为男人的不解风情哀愁。很多时候，这是一种无奈，是鱼和熊掌不可兼得的无奈。就像一味解药，药性和毒性都会注入你的体内，搅动你的七经八脉，有所不同的只是时间的先后而已。

男人的惆怅和哀愁是连体婴，有时候是与生俱来的。他本能地对周遭的事物变得敏感，对自己的女人患得患失，他有时候把爱情看得很简单，有时候又把爱情看得太复杂。爱情的发生不能太熟悉，也不能太陌生。有神秘感，有亲切感，不紧张，不随意，才是爱的状态。

你爱的女子没有选择你，她选择了另外一个男人。于是你开始嫉妒。嫉妒他比你优秀，嫉妒他的运气比你好，嫉妒她的眼光太差，所遇非良人，日后必留憾。除此之外，男人的哀愁还在于对单身、美貌、情趣的爱而不得。她身心有所属，诱惑便渐行渐远渐无声。她耐不住寂寞，却也与你擦肩而过。所有的片段互相交织，成了午夜梦回的哀愁，经久不散。

大多数的男人，对自己所爱的人，也有飞蛾扑火或是自虐式的取向。

这样的取向参照物自然是女人。都说女子重情，可古往今来男子重情的也可圈可点，被蒙蔽的是薄情的标签贴上已久，难以撕扯下来。一来是如果得不到，宁愿她给了上帝或是魔鬼，走向未知，隔了时空，而不愿承认已经跟了别人。再者是把自己的所作所为当成傻子、疯子、痴子、癫子，怀揣一颗惴惴不安、脆弱敏感的心，把自己的爱恨情仇都装进岁月的炼丹炉里，等到火势大了，奋不顾身地跳进去，运气好的换个火眼金睛，运气不好的也义无反顾，犹如再生，甘之若饴。

"自在飞花轻似梦，无边丝雨细如愁。"这是秦观的哀愁。

"众里寻他千百度，蓦然回首，那人却在灯火阑珊处。"这是辛弃疾的相思。

在现实的世界里，男人不见得比女人不值得心疼，因为他练的是内功，若走火入魔，惆怅与哀愁融合，总会在某一个夜晚闯进某个女子的梦中，留下一声叹息。

红酥手

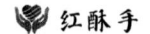

女人本无解

拜伦有名句：男人是奇怪的东西，而更奇怪的是女人。对此，大师林语堂专门写了篇文章《女人》，里面用平和而理性的视角阐述了女人鲜为人知的作用，显然指的是对于男人而言。

女人的奇怪是方方面面的。用体育项目来形容，男人或许是相扑，女人则是马拉松。一个是闪电战，一个是持久战，多数女子能把世上的男子打得落花流水却心甘情愿。或许在女人眼里，男人常常又笨又傻而且爱吹牛，只是她们不屑去拆穿罢了。

对于男人来说，女人是永远难解的谜。她们的思想时时刻刻在变，甚至分分钟在变，每一秒都带着当时的情绪和想法，她们在乎的是当下的感觉，她们或许更看中每一个"现在"。而男人，往往想得更远，但容易忽视现实。

我并不是一个女权主义者，只是在一切的矛盾、浅薄、浮华之外，她们的直觉和生存的本能更值得信赖，能攥住现实，而且比男人更接近人生。

女人的细腻和忍耐，超出你的常规理解。她们的默不作声，就像侦察兵或是情报员搜集情报，让证据一点一点形成无可辩驳的说服力，前提是只要她想做这件事。那你就完了。所以就不难理解，为什么一个斯斯文文的女人平时默不作声，偶尔有一天会火山爆发让你措手不及，那是因为你平时对她的忽视她都忍着，心里有个小账本，你对她的不好，欠她的生日礼物，欠她的拥抱和亲吻，甚至是鱼水之欢她都会记着，等到忍无可忍的那一天，她会跟你算总账，毕竟，出来混迟早要还的，男人要想到这一步。而男人不好当，也就体现在这里。

女人的无解，线索和生理架构有关。从解剖学的角度来说，是她对于疼痛的忍受力要比男性要强，特别是巨大的疼痛，这一点生孩子就是最大的证明。几年前，我参加了一个模拟分娩的疼痛等级体验。我朋友比我好一点，还拿了个鼓励奖。我应该没过六级就败下阵来。那一阵阵似麻非麻、似痛非痛的奇怪感觉让你的内脏犹如刀绞，欲罢不能，纠结万分。还有就是，女人对孤独的承受力也很惊人。有些女人可以一辈子只爱一个男人，也可以为了一个男人守一辈子活寡，接受无性。而男人却做不到，男人的上半身和下半身是分开的，身体往往会背叛思想。这些似乎是定论，古往今来述及的已较多，不再赘说。

再者，女性的忍耐力较强。女人往往比男人乐观，很多男人都是靠女人的激励走出抑郁、恢复战斗力的。女人可能在结婚前觉得嫁给这个男人失策了，但是如果婚后男人对她体贴，加上有了孩子后的母爱泛滥，以及稳定的生活状态等，会让她们觉得这样也挺好，我不要什么惊天动地，只要安安稳稳、平平淡淡就好了，只要他爱我，我也可以接受他。但男的不行，结了婚若不能长期自律，昂扬向上，反而更容易在婚姻的琐碎里绑住手脚。不照顾家又不行，但太注重家庭的琐碎，反而限制了事业上的发展。甚至，男人如果和不喜欢的女人结婚，不管婚姻过了多少年，仍旧无法改变其不喜欢的态度，这样的状态其实是将就，但如同鸡肋，弃之可惜，食之无味。可女人似乎更博爱一点，她们对婚姻的忠诚度取决于整体的权衡、长远的打算以及对孩子的依恋，于是在过程中更擅长于自我安慰，慢慢过滤以及努力看到男人的好。

最后，我想女人的无解来自她们独特的思维和把握细节的能力。女人们可以从你的眼神和细微的动作中看透你的心思、你的紧张和不安。当然，她们的缺点也是太看重细节，所以很多女人败在了男人的甜言蜜语下，败在了男人的短信攻势下，败在了每天雷打不动的鲜花派送上，败在了她们喜欢浪漫，败在了她们喜欢接受而不是主动寻找爱，败在了身体的防线一旦被撕开后，情感上的逆来顺受甘之如饴。

女人的伟大，还在于她们能勇敢接受屡败屡战的局面。俗话说，一个成功男人的背后，都有一个女人。平阳公主是曹寿背后的女人，是夏侯颇背后的女人，也是卫青背后的女人。可是这三个成功的男人，都在不同程度上给平阳公主留下了难以抚平的伤痛。可是，在过程中她付出的是十分的爱，不会只爱八分，保留二分，飞蛾扑火，一往无前。

也许在爱的字典里，女人是猫，喜欢小小的长久的安抚。

她们注重仪式感，喜欢被男人宠和享受被服务的感觉。可是，也很缺乏安全感。就像冬末春初长夜里的嘶叫，叫声之外是落寞，也是绵绵不绝的期待。

晚睡的猫儿

猫咪在晚上睡觉的时候，主人不用太多去关注它。只需要给猫咪提供一个干净卫生、安静安全的环境就可以了。女人是猫，在夜晚更显灵性。

黑夜给了我黑眼圈，我尽量用它寻找灵感。

我不是女人。

我用黑夜的时间档来描述女人。心理学上，把一个人投入工作的类型分为几种类型，而我是属于猫头鹰型的，这跟属相好像也有一定关系。晚上的思考会更深入，效率也更高。于是，黑夜成了我征战人生思维的主战场。

每天回到家，过不了多久，就是呈现一个人的码字状态，因为我即将进入梦游时光。而这个时候，脑子会恍惚，眼神会迷离，忽然之间就会想：晚睡的女子一定很特别吧。

习惯了晚睡的人都是有故事的人，特别是晚睡的女子。她可以是女人，也可以是女孩儿。正如每一个男人都是一个男孩儿一样，每个女人心里也都住着一个女孩儿。

红酥手

女子的晚睡，想来会早有期待。这份期待，也许从早上就开始，从不在状态的身体开始，从工作劳累的瞬间开始。她们盼望着世界拉上窗帘，无边的黑色笼罩，自己窝在自己的窝里，让灯光温暖孤独而敏感的心。有时候她们的晚睡不是睡不着，而是享受那样的一种感觉。夏天闷热，吹着空调，夜半放纵小吃或大吃，都是抵御三千烦恼丝的良药。冬天，万籁俱寂，被窝里有点凉意，若是孤家寡人难免手脚冰凉，蜷缩的状态像一只猫，若能进入相爱的连接线，习惯了晚睡，只是为了等一个劝我早点睡，然后跟我说晚安的人。她舍不得睡，她怕在梦里落泪，照见自己的前世今生。

晚睡的女子，和这个世界一样纷繁。大多的女子都有这样的经历，在爱情中如胶似漆，每晚临睡都要煲电话粥，随着时代的进步，聊天方式转移到了指尖，转化成了语音，演变成了视频，每一种状态都是为了验证某一个时刻的不时之需。以前的煲电话粥，往往是男友越聊越困，自己越聊越嗨，终极赢家总是晚睡的自己。

挂了电话，停止了微信发出的最后一个字，回放着聊过的语音，回想着一小时两小时之前的视频，你又落寞了。一个人在漆黑的夜，灯开着已然挡不住昏昏欲睡的双眼皮。可是，那些想说想问的话在放下手机的那个瞬间，又留下了遗憾。

你多想再听听他的声音，聊聊彼此的心事，憧憧憬憬两个人的未来。夜半时分，思绪逐渐清醒，白日里想不到的话都涌了上来。

晚睡的女子，可爱之处还在于多半爱思考。她们会利用夜晚的时光，与自己对话，继而提升自己。她们知道晚睡对皮肤不好，容易变老，但也会在黑夜里把时间给予的沧桑很好地涂抹掉。她既自虐又自爱，知道能量守恒，知道红颜易老，也能通过不舍昼夜的思考，让自我提升的气质给容颜注入新的光泽。

我的晚睡，来自某种程度的好奇。好奇这个世界，好奇这个世界上的千千万万截然不同的女人。而看书，作为一道桥梁，架起了了解女人的桥梁。尽管这桥梁并不一定真实，但虚实之间总有某个刹那是真实的。当我有幸捕捉到那奇特心思，便也能欣欣然一阵子了，就像领到了通关密码，让我对女人的人性又多了一层理解。

人生海海，时间仓促。我相信，晚睡的人儿已越来越多。一个他，两个她，万万千千的她和他，构成了不安分的夜晚。想起朋友的朋友，是一对晚睡的角儿。

他喜欢打游戏，她喜欢看韩剧。

因为算得上是异地恋，他喜欢半夜赶到她居住的城市，趁夜色，带惊喜。

她喜欢静静地等他敲门，忽然之间，对他说一句：你知道我在等你吗？

她和他都喜欢躺在床上，看午夜电影，惊悚得钻进被窝，翻江倒海地闹腾。然后，又钻出被窝，聊上一大会儿。仿佛一场运动结束，大汗淋漓被擦拭，渐渐恢复的平和，只留下心跳仍然不安。

她告诉他，你知道吗？没有你在身边的时候，我晚上都不敢睡。房门锁着，耳机塞着，床头灯开着，心里吊着，嘴里念着，脑子里想着。似乎忘了我们隔了那么多的站台，那么多的窗户，那么多的人流，那么多的眼神和等待。

他笑笑，自信而尴尬，不知道怎么回答。他知道，他的晚睡是心中的一个信念，信念是为了有一天她不用晚睡，可以安然入睡。两地相隔，一些话来不及当面说，一些惊喜不是常常可以及时兑现，这是一种遗憾。他像一条奔跑的狗，拼了命地学，拼了命地为柴米油盐，也难免对着现实这个主人点头哈腰，只为有朝一日不再两头跑，把某某某男朋友的称呼换成床头相拥的"我的男人"。

他知道她是一只晚睡的猫，和这个世界上其他可爱的女子一样，高傲，黏人，捣乱，温柔，调皮，楚楚动人，偶尔的任性只是在考验，在求证，在期待，被人安静又耐心地抚摸，知道心慢慢平复，如夜晚的月色朦朦胧胧，下得山去。

他在和她晚睡的某一天，突然想起一段话。

放乎中流，湖水澄清，什么东西也没有。

可惜，有人影。

其实，湖底有很多东西，只是人看不见罢了。

天上呢？天上也有很多我们看不见的东西，我们以为它"空"。

午夜十二点的钟声敲响，她和他相视而笑：我们又晚睡了……

喜欢你，没道理

我常常会想，喜欢一个人，有没有什么道理。有时候的回答是：有道理。哪些道理呢，无非是外貌，身材，感觉，或是相处后的脾性，对世界的认知。但没有道理，在我这儿也说得过去。那就是单独拎出来的"感觉"二字即可。对，我感觉有了这两个字，喜欢一个人就可以不用理由了。

喜欢，看起来是单方的，实则需要互动。尽管没什么道理可讲，但少不了激励。就像一个孩子，从学校里拿了高分回来，跟父母亲报告成绩，无非也想得到表扬和肯定。

喜欢，多半在于一厢情愿的感觉。这是甲方的自由，可以和乙方无关。如果你的一厢情愿变成了两生欢喜，那么恭喜你，中奖了。如果你的一厢情愿只是一厢情愿，那也没什么，不妨想开点。

人生海海，旅途漫漫，谁没有过单相思，谁没有过求而不得的时候，再光鲜的外表、再强大的魅力，也有他或她过不去的爱情坎。

脑海里回到多年前的一幕。外出回来，体乏，回到自己的窝，

红酥手

感觉是两个世界。一个是根本停不下来的繁华，就像嚼着炫迈口香糖。一个是可以预见的行程，就像装着百度地图。时空的变换，让人唏嘘。

一个地方待久了，会腻。一个地方刚踏足，真爽。生活是琐碎的，老是憋着，总难受。外面的世界去看看，哪怕踩着心跳，去赶地铁，麻木的神经也会被激活。这是行走的喜欢，在行走的过程中遇见另一种喜欢，则是行走的惊喜。我渴望这样的惊喜，就像每一个女子在情窦初开之际对荷尔蒙的渴望。我也不否认希望拥有这样的行走，就像一个男人不会拒绝青春纯净的脸庞，没有化妆，清水出芙蓉，天然去雕饰，美得不可方物，一见倾心，寸步难挪。

喜欢的成分多了，就容易变成爱。陆游的《钗头凤》脍炙人口："红酥手，黄縢酒，满城春色宫墙柳。东风恶，欢情薄，一怀愁绪，几年离索，错，错，错。 春如旧，人空瘦，泪痕红浥鲛绡透。桃花落，闲池阁，山盟虽在，锦书难托。莫，莫，莫。"他的爱里有了悲，读来心里五味杂陈。只想说一句，是什么样的人，什么样的事，什么样的感情弄得如此纠结。

年少的时候，我们总是在喜欢和被喜欢之间游走。

明明想见她，却偏偏不敢见。

知道在寝室门口通向食堂路口的拐角处，如果小心翼翼地把握时间，是有机会碰上的。于是一次次精心准备，却没碰上。倒是不修边幅的一次，偶尔相遇。回头后便觉在对方心中的形象大跌，以至于夜不能寐，百转千回。

谁知道，对方也不知道你的真实想法，当时只道是寻常。时间被风一吹，就这样翻了过去。被喜欢的人，如果是被爱恋，也往往得不到真经。她在过她的日子,她没有被告知,被咀嚼,被稀释。单相思古来已有之,未曾言说,只停在相思风雨中。

这样的情境,小说里呈现过。我看《水浒传》,感慨于宋押司不解阎惜娇的风情。这种感觉,和阎惜娇的名字似乎有某种贴合。阎王的阎,可惜的惜,娇艳的娇,似乎作者一开始就埋下了伏笔。从阎惜娇的喜欢到宋江的不敢面对,从阎惜娇的主动到宋江的发怒,其过程看得揪心,也看得无奈。也许,古往今来,因喜欢而生恨的也不在少数,可是怎么把握喜欢,并转化为两两相爱却是永恒的话题,永恒的追问。

就我个人的经验看,在爱面前,如果还没进入爱的境界,还是先把握住喜欢比较好。喜欢,毕竟没有太多的压力。有些喜欢,没有道理。真应了那一首《因为爱所以爱》。

想当年,我还是个少年,羡慕的是眼里有彼此的喜欢,那是爱的最萌芽的发端。是啊,谁说初见的惊心是源于各种理由。不需要理由,也是一场轻松的旅程,也能直抵爱情的诺曼底。

你喜欢绿灯一亮,跑过斑马线,心中雀跃,像一只麋鹿,春和景明。我喜欢汽车从身边掠过,像一阵风。你喜欢作为陌生人,彼此相视一笑的感受。我喜欢,在餐桌上看见在你的眼睛里有我的样子。如此甚好。

喜欢,比爱好。有爱,就有痛苦。没有爱,空虚。当"爱"是名词时,是原则。当"爱"是动词时,是运气。

喜欢是,我的心是磁石,你的心是一块铁。它有退路,万一不能吸引,你可以自我安慰是磁力不够,或是离得太远。不像爱,太沉重了。一旦贴了这个标签,不是你死就是我活,谁也放不下谁,谁都在互相伤害，陷入深渊不能自拔。

有些喜欢，因为自然，所以更显得珍贵。也只有喜欢，才有自然的可能。自然是随心随性的状态，像天上的白云，湖面上流动的水，没有牵绊。没有人喜欢被束缚的喜欢，正如没有人喜欢被束缚的爱。当一方不能以自然的状态去感受另一方，自然会在时间的洪流里悄无声息，渐行渐远。

真正的喜欢，是不屑于讲道理的。已经确定了的喜欢，何必纠结于喜欢的形式和长度。只要素面朝天，也是一种惊艳。即使是初相逢，却分明是久别重逢。你扪心自问，知道自己还可以换一种方式活着，在爱里，更在喜欢里。

有些喜欢，是浅喜深爱。南宋词人叹息："相思本是无凭语，莫向花笺费泪行。"花笺是用不到了，泪行也不大有了，相思就像夹心饼干一头夹着爱，一头夹着喜欢。

人生，总有些喜欢，让你无从解读。看似毫无来头，却莫名感到是私人定制。

无须太了解

每个人都渴望被理解,但不一定渴望被了解。

了解像一个人的隐私,带着点不想被人知道的意味。太了解一个人,在一段感情关系中不一定是好事。

爱一个人,需要多少时间。可以是几秒,可以是前世的五百次回眸。

爱,来自细水长流。爱,也可以来自一见钟情。

爱,出于了解。

爱,出于冲动。

但是,当你太了解一个人,你不会爱上一个人。每个人都有其缺点,太了解一个人就像拿着放大镜,看到的都是瑕疵,难免会跟之前的印象对比,久而久之,自我怀疑,然后陷入纠结,阻断感情的自然生长。

因为,爱有技巧。技巧来自学习。有的人学得多了,爱的水平自然高人一等。但你没有和他一样的水平时,你就会觉得他是完美的。

他会甜言蜜语,他不动声色打动你,他懂得你想的,他知道你喜欢的,他明白什么时候出现在你身边是刚刚好,看似偶然却是必然,以此填充了你欲语还休的寂寞。她会撒娇,她会给你最高的赞美,她会给你温柔的守护,她会对你身边的人好得让你心动,非她不娶。

我们都需要在爱的世界里学点技巧。不学不行,学得太多又太假,失了真。可是,女人的心思是那么细腻。当你给不了她衣食无忧,你还做不到鞍前马后,甜言蜜语,百依百顺,连哄带骗,她会觉得你是爱她的吗?

人性的弱点,总是经不起表象的真心。

想起一位大学校友。其貌不扬,可总是轻易俘获女人心。当时的我们,恨他恨得咬牙切齿。唱歌,跳舞,写诗,打球,样样都能来,几乎所有的女生都围着他转。我们百思不得其解。

事后,我们抓住他酒后吐真言的弱点,硬是用酒精套出了他的锦囊妙计。他说,他比我们任何一个人都会拼。拼命地学习跳舞,把张学友的经典歌曲唱了又唱,看徐志摩的诗看得眼睛发黑,一个人在空旷的球场练投篮,学小岳岳的自我解嘲……

我们终于明白,爱也是可以学的,就看你怎么学,学得有多深。不是所有人都愿意为了打动女人的心而执着地去学,去拼。表现,也需要长久的毅力和勇气。想成为大众情人,更需要持之以恒的魅力。

女人也一样,再坚硬的矛总有坚硬的盾来抵挡。更何况,女人是水做的,天下之至柔驰骋的总是天下之至刚。这就应了那句话:男人征服世界,女人征服男人。

女人在爱里的失败，往往是该强硬的时候不强硬，该温柔的时候不温柔，该示弱的时候不示弱，该给足他面子的时候却不给足他面子，甚至会甩手而去。那他自然会觉得你是一个无趣的人，你不能让他舒服，你不修边幅又给不了他赏心悦目，他为什么要苦苦痴恋于你。这样的关系，其实也是相互的。慕强心理，在爱的字典里也能找到出处。

男女之间的了解程度，对彼此距离的把握，往往决定双方的相爱程度。

有些女人喜欢黏，你不时时刻刻关心她，她很容易没了相处的信心，觉得你不够爱她，于是胡思乱想，胡言乱语，到最后稀里糊涂放弃。在过程中，她可能由一只温柔的猫变成了歇斯底里的老虎，连自己都忘了自己原先的样貌。

有些女人喜欢独立。你老是黏着她，她逛个街，做个头发，来个SPA，你就等不及了，想看到她，不停地联系她，于是只能带给她反感。她总会想，这个男人好像一天到晚无所事事，自己的事情不上心，将来肯定婆婆妈妈，我肯定受不了的，还不如趁早打消他的念头，图个清静。

这世上最难把握的就是度，爱情中也是如此。若即若离，总是最好的距离。她有她的事，你有你的朋友圈，管得太紧，放不开手，总是容易疲倦，不是累死，就是闷死，或是无聊死。

太了解一个人，自己总是太累。所有的恋爱关系和婚姻关系中，不是没有看顺眼的，而是忍受不了对方的胡搅蛮缠或是间谍式的观测。她或他的一举一动都惦记着，想着，琢磨着，继而心生疑虑，放不过自己，终将也让对方倍感难堪，不堪重负，拂袖离去。

红酥手

太了解一个人，你会变得小心翼翼。而小心翼翼会让你失去魅力。谁都知道，女人都喜欢带点小坏的男人，可是这小坏并不是指真正意义上的"坏"，它与本质无关，只关于情趣，类似于不死板，不单调，不时时刻刻毕恭毕敬。

曾经在知乎里看到这么一个故事：某年冬天，我去W城出差，在W城的一个大学里，我认识了一个姑娘，当时是在咖啡厅，我直接上去说我要认识她。认识她的第二天，我们接吻了。大概就是这种速度。确实，很少人能做到这么快，以前的我也不敢想象。因为我们惯性地认为，爱情的开始需要一段很长时间的磨合。当我们这样想的时候，很多事情你就不会去做，明明你认识她的当下就有机会约她出来，而你会不自觉地选择继续让彼此保持距离，互相了解。

我想，我能理解男主的意思。很多爱情，如果快点开始，它是可以绽放出灿烂光芒的。而如果为了确信，为了解而了解地刻意放缓开始的步伐，爱情的发生将会举步维艰，难上加难。

把过多的时间用在了解上，感性逐渐上升为理性，就难以真诚而热烈。对恋爱甚至婚姻来说，保持适当的朦胧感，是对对方的尊重，也是对自我的肯定，不至于让双方没有空间，没有空隙，没有空闲。毕竟，感情只是感情，一个人和另一个人在一起，并不代表她或他就是你的全部，没有了个体性。

爱里爱外，谁没有点隐私，谁没点过去，谁没点小心思，谁没点瑕疵。在一起，就好了，无须太了解。因为轻松，才会致远。

谁在倾听你

听，倾听，在当下，都变得很稀有。

我们喜欢站在自己的立场上去说，去解释，去阐释，去推广，去啰唆，但对于别人，我们似乎鲜有耐心。往往是对方的话都没说完，就想着何时才轮到自己开腔。

两性关系中也是这样。倾听与诉说，在男人和女人那里总难得到最好的体现。要么不懂得倾听，要么不懂得诉说，做好这两件事真的很难。

我们都愿意说，却常常忽视了倾听，真正的倾听有多难。你总是不由自主地站在自己的立场上，你总想为自己披上伪装的外衣，可是总有些脆弱是一眼就可以看穿的。在释放信息时，某些解释就是掩饰，某些掩饰就是欺骗，这句话虽说是女生多年前就开始走红的口头禅，但多少有点道理，而且，不会随时间的推移而发生质的变化。

在爱情中，我们都以为自己是主角，总是以过来人、主导者的身份去要求对方。尽管我们对对方很好，可是有些好并不是对方想

红酥手

要的。对方想要的，对我们每一个个体来说，很难。你会发现一头热，你一个人说得很嗨，可是对方能时不时点个头就不错了，你未曾察觉，继续聊着，不发觉其中的尴尬。等到回过头去，已日暮途穷。

倾听比诉说更重要。

想起年幼时，看到爷爷奶奶的恩爱，那不是秀出来的，而是心灵的契合与灵魂的交流。

奶奶识字不多，却把家里整理得井井有条。爷爷的工资都由她安排，四个小孩儿的衣食住行，日常的婚庆寿诞，还有爱玩闹的父亲打了人赔的鸡蛋，统统变成了如水流逝的账单。一笔笔数目，一块块支出，奶奶都会和爷爷讲，并告诉他这些钱该怎么用，怎么用才能发挥出最佳效应。

空了的时候，爷爷会坐在藤椅上，读报给奶奶听。这时候，奶奶就像初恋的少女，安静而优雅。当然，她也不空着，手上打着毛衣，膝旁围着孩子，并连同让她的孩子也当好一个倾听者。这是温馨的场面，让人回味。

报上的新闻，生活窍门，她都听得津津有味。而倾听完这些，奶奶开始了她的家长里短。这是回应阶段，不刻意，很自然。比如家里的米快没了，隔壁家老王要娶媳妇了，快过年了准备添置些啥。

她让他知道寻常日子里的琐碎，他让她知道生活之外的追求。在倾听与倾听之间，这样的默契需要长久的功力与一定的命中注定。

我们常常会想，她怎么不理解我？他怎么就听不进我的劝？殊不知，问题的根源在于倾听，在于倾听后真实的表达、理解和沟通。真实的表达是每一个人都要学习的课，你有很多想法，直截了当的表达当然是表达，可是这样的方式对方接受不了，背离了初衷，适得其反。理解也很难，即使有了正确的表达。因为理解难免带着个人偏见，百分百吸收难度太大，实现不了。这就需要最后一件法宝——沟通。可沟通也很难啊，尤其当关系确定后，日常的烟熏火燎冲淡了激情，懒于沟通、怠于沟通成为常态。沟通作为最后一道防线，压力山大。所以，追根溯源，倾听尤为重要，就像打游戏，只有第一关打好了才有可能通关。

佛教《百喻经》里有这样一个故事：昔有夫妇，有三番饼。夫妇共分，各食一饼，余一番在，共作要言："若有语者，要不与饼。"既作要已，为一饼故，各不敢语。须臾有贼，入家偷盗，取其财物。一切所有，尽毕贼手。夫妇二人，以先要故，眼看不语。贼见不语，即其夫前，侵略其妇。其夫眼见，亦复不语。妇便唤贼，语其夫言："云何痴人，为一饼故，见贼不唤？"其夫拍手笑言："咄！婢，我定得饼，不复与尔。"世人闻之，无不痴笑。这个故事不妨从另一个角度来理解，那就是倾听的程度，倾听的意义不要经过特定的考量。很多事情，不需要太明白，听了就好，听了便是一种真诚的回馈，对方总会感觉得到。

我们其实都是自以为是的人，一个人的时候是这样，结了婚也如此。每个人都难免沉浸在自己的世界里，不能自拔，自认为自己给出的就是锦囊妙计，说出的都是金玉良言。可是，曾经的吸引，在柴米油盐里，在时间面前，终究会渐行渐远，不值一提，甚至会走向两两生厌。其中没有谁对谁错，或者说真的要分个对错，只能

红酥手

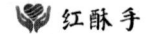

是月亮惹的祸。

  你宁愿听着音乐电台里熟悉的旋律，也不愿倾听对方的表达。你宁愿倾听别人的嘘长问短，也不愿意相信自己的眼前人。你也像一只刺猬一样，怕因为听了以后听不下去而暴跳如雷，释放心中的猛虎，戕害了那个无辜的人。

  我们都忙着呢。自己的事情都管不好，还有那份闲心闲情听你啰唆吗？何况，你的那些啰唆总说不到点子上，那还不如我玩我的手机，你打你的游戏，互不相干，各不相欠。图一时的安静，眼不见心不烦，耳根清净，自我陶醉。

  倾听是一种艺术。这是老话。可是怎么听，听几分，听了之后如何作答，如何践行，却是永恒的话题。

  女人的高明在于经常把话说一半，把话说出言外之意让你猜，猜不着，也吃苦。猜着了，做不到，难堪。反正横竖都是挑战，横竖都是真心话大冒险。

  一个男人在婚姻中遇到了麻烦，请求大师指点，大师说："你一定要学会倾听你妻子所说的每一句话。"

  男人把忠告记在心里，回家后，认真听着妻子说的每一句话。一个月后，他又来找大师，问大师："现在该怎么做？"

  大师微笑着回答："现在回家，学会倾听她没说出来的每一句话。"

  这样的难题，恐怕一生都解决不了了，只能无限接近圆满。接近因了对方渐渐寡言少语，迎来的圆满。

乙卷 爱不得

站在时间的潮汐里
我活成了一只蚂蚁
忙着搬家
忙着呼朋唤友
忙着把自己的心事
装进得不到的口袋
腰间的一串风铃
足以让我抱住自己
那是浓稠的晚霞
在稀释我的背影

红 酥 手

各自安好

时间是个无情的小偷,如果你不用心体会,很难发现自己丢失了什么。最好的音乐不是制造出声音,而是创造出宁静。拥挤的车流,忙碌的脚步,背后各有各的惆怅与感伤,却又有涌动的希望。

万物是矛盾的。每天,这个世界都在悄然地改变,或许不起眼,或许天壤之别,每个人都沿着自己的轨迹一路前行,唯独少不了迷惘和徘徊。只是有的人会停下来,好好想想这条路怎么走才更顺畅,哪怕是换一双鞋,让自己的脚更舒服些。曾经的年少轻狂,过着过着就世俗了。世俗不是错,每一个自认为的超越背后都掩藏不了世俗的内心,纠结或张扬,洒脱或狭隘,都在一念之间。

路是人走的,走的路大不必千篇一律,也无从参考。毕竟路的起点不同,目的地也不一样,偶尔在途中相遇,能短暂地问候,或是投以温暖的目光,甚至相互关心相互取暖,是值得庆幸的事。毕竟,天空没有留下鸟的痕迹,但我已飞过。

好的友情,好的爱情,好的亲情,是无须多言的。每个人的一生中,都有自己认为的刻骨铭心的爱,或单恋,或苦恋,或痴恋,

乙卷 爱不得

或虐恋，主角是自己，导演也是自己，连制片人也是自己。哪怕相隔万水千山，哪怕久未谋面，只要心里惦着，记着，念着，相信相逢后仍有"人生若只如初见"的感慨和美好。

但是，最好不相逢，各自安好就好了。女人不希望男人回头，男人也不希望女人回头。而回头的人流中，男人的占比会多一些。女人多半比较容易因爱生恨，因恨断爱，一旦她决定了忘记一个人，就会断绝和他的种种，如果一时忘不了，那就让时间来决定。她不会像男人那样，中途带着一些试探，像猫和老鼠的游戏，不慌不忙，心存侥幸，浪子回头，填充了暧昧，自以为是和藕断丝连。

各自有各自的忙，各自有各自的心事，就不必苛求常相见。现实的情况是，成年男女，若有家庭加持，过往已然成了过往，想回头也回不了头。此时心非彼时心，此时人亦非彼时人，留在心中，倒是件珍藏品。万一一不小心又遇见了，能不能算宝贝，很难说。

很多男女或许都有这样的感受。恋爱时，你侬我侬，难舍难分，如胶似漆。分手时，痛心疾首，撕心裂肺，天崩地裂。回想时，如梦似幻，欲拒还迎，跌宕起伏。这样的感受，由一帧一帧的画面构成，当事人在里面，当事人也在外面。因为在里面，爱与痛并存。因为在外面，太纠结于其间，难逃无奈。

那天，在杂志上看到一首小诗，诗名叫《各自安好》，底下有个破折号——给妻。

我说烟囱在冒烟

你说湖面结了冰。我听见了

风在外面呼呼地吹

035

红酥手

而你微微侧脸告诉我

女儿咯咯的笑声像溪水在欢唱

其实这样真好

我们紧挨着,并不互相模仿

只顺畅各自内心的细微

却无意伤害

我们各自安好

我们是光阴的拾穗人

被赠予爱和善良

为即将到来的冬天填满谷仓

读完,是自我的一种体味,这是未曾逃离母体的安好,在肉身之外心灵相通,寻常可见。可是,另一种安好,却类似于爱而不得的安好。安好,是因为不打扰。纠结,是贯穿回忆的全过程。可随着年龄的增长,会发生变化。年纪大了,过着过着难免麻木,难免失去激情,想起一个人的频率大大降低,在自我的心底放上一块石碑,上面刻着:岁月的沉淀换来的成熟未尝不是另一种美。你知道这样的美有伤害,被伤害过,就像岩石经历了风雨带来的裂痕,即使不明显,也有清晰的纹路。

才子佳人,分道扬镳,令人唏嘘。有人为彼此吹笛扬号,有人喋喋不休,抛却爱情,爱也许已成云烟,但没有悲凉的色彩。

张小娴说,总有一天,你会对着过去的伤痛微笑,你会感谢离开你的那个人,他配不上你的爱、你的好、你的痴心,他终究不是命定的那个人,幸好他不是!这是对"他"这一方的评说。而另一方的"她"呢，在刘墉眼里是：每个被爱的人都是"人质"，每个爱人的人都是"赎金"，赎到最后把自己也贴了进去。可见，男和女，对过去，对现在，对各自的状态，以及感情的去向是有不同的，不同来自传统伦理，传统观念，新视角下的时代内涵。

每一个人生阶段都有不同的心情，在一段爱里，哪怕再短，经历的有太多不同的风景，产生的感受也自然起伏不定。或喜或悲，或静或动，或近或远，改变并不是坏事，改变不足以感伤。

当一段感情过去，你若想安静，就静静地做自己。当一段感情在思索里沉淀，你会发现人和车一样，总要有些瑕疵，才能轻松上路，才能放心托付。

人生不全然是在红灯变成绿灯的同时，就要往前冲。感情，也随个人的境遇走走停停。只是，生活本身最大的精彩在于不该忘记，不该刻意被忘记。

因为有很多东西，当你已不再拥有，那么就让它不要忘记。忘记是对过去最好的纪念。

不该忘记的除了生活本身，还有百转千回的爱恨交织，交织在年轻的记忆里，在历经岁月洗礼的熟悉的容颜和相互惦念的情怀里。

如果没有忘记，那么各自安好的祝福是另一种幸福。

她不爱我

喜欢莫文蔚的歌,一首《他不爱我》唱得心里很纠结,那是一种说不清道不明的感觉,就像对着一件心爱的玩具,总能想起无边的过往,让心头一颤,鼻子发酸。

没有哪个人不渴望爱的吧?爱或者被爱,都夹杂着幸福和痛苦。而幸福或许更短暂一些,痛苦更绵长。女人总希望,他真的爱我。男人总希望,她值得我爱。做到爱与被爱,很难。因为过程中,你总是会抽离开来,会分心,会魂不守舍,甚至会逃离、背叛,与之前的自己判若两人。

没有什么东西不会改变。爱情也是如此。个体经历,突发情况,理念变化,外在刺激,都会让爱呼叫转移,你得承认,得接受。

有天晚上,做了个梦。梦的内容,很清楚。彼时是现实,不想抽离。只想要一个结果,讨一个说法,问一个明白。我努力地想把内容拉长,却无能为力。像一篇文章,总要有个结尾,可不知不觉,竟已转身离开。

乙卷　爱不得

满头大汗，一场虚惊，一阵唏嘘，最终只是个梦。感觉这是一场预示，却是对过往的写照。

人生在世，爱的面前谁能抽一个上上签。有时，我们义无反顾地爱，却也竹篮打水一场空。有时，我们无心插柳，敷衍了事，却满载而归。

长大了以后，才发现爱是一个动词，会变化。不是说，谁会一直爱着你；也不是说，你会一直值得被爱。

爱是对等的，你不用心对她好，她不会追随你的左右。有人会说，爱一个人没有理由。怎么可能？无缘无故的爱只不过是自欺欺人，它终究逃不过流年，也逃不过流言，更逃不过试探。

爱是虚无的，距离拉长的思念，总不及朝朝暮暮来得更贴近，更巩固。但聪明的她，也会保持距离感，刻意拉长距离和距离之间的距离，她不想像黑白无常一样，常常乐此不疲地抓住该归位的灵魂。甚至，她愿意让你自由地做一个孤魂野鬼。

不爱就不爱了，爱自然有它的寿命，寿终正寝了，拦也拦不住。你不知道怎么会走到这一步，就像你某一天踏进熟悉的街道，发现原先的店面关门了，改头换面成了水果店。一切都在悄悄地改变，有理由，也不需要理由。如运势，三十年河东，三十年河西，过了那一段，自然没了那种爱。谁能保证一直爱。没有人修炼过爱的不老仙术，给爱一副不老的童颜。

看似寻常的芸芸众生，多半在爱里摸爬滚打，日日操心。爱一时，恨一生。爱迷离，爱无解，爱不得。你想不通对方的爱，也想不通对方的心情。对方也理解不了你表达爱的方式。

你会想，怎么可能？她曾经那么爱，喜欢看我安静时的样子，喜欢我的旁若无人，毫无心机。喜欢听我吹牛，听我说关于我的一切过往，生怕因为参与不了我的生活，而变得俗套。

你会想，怎么可能？不知从何时起，她有了她的生活。你只是成了她偶尔响起的小插曲，那么随意，那么可有可无，尽管这个音符敲进了内心，但心底的那种纠结和浅浅的痛已经变得麻木，没了知觉。它让你的神经开始苏醒，在最该爱的时候，你没有出现，她的失望可想而知。她一定在五脏六腑里藏满了恨，恨男人这样一个群体，恨她的余生或许真爱难觅。他静悄悄地来过，他慢慢带走沉默。只是最后的承诺，还是没有带走了寂寞。

你想起她曾说过的那句：我希望你美，但不是用画皮来包裹一颗破碎的心。多么惊心，多么伤心，多么揪心。

她也悄悄地告诉你：爱的羽翼，她一直披着，只是现实的镣铐，我也戴着。多么无奈，多么沉重，多么感伤。

那些过往收藏的自恋感，并没有在时间里刷出存在感，而是在时间里狠狠地留下印记。

生活没有为你大开绿灯，爱情没有给你一个合理的解释。你在心里说，这一生，我只渴望与你相伴，也只渴望与你激情燃烧。燃烧也要共情，要有着火点，要有赴汤蹈火的勇气。即使谈笑之间灰飞烟灭，也无怨无悔。

走过那么多的路，在漫漫长夜里，你渐渐明白，爱是无微不至的在意。只是这种在意，很多人难以一直拥有，一直坚持，一直追求，一直付出。

在意倒是时刻相伴，如影随形。在意与他有关的细枝末节，在意在他身上看到人间烟火，在意他身上的某种强大。也忧心他此刻是否受苦，是否有难言之隐，是否还是表达得少承受得多。

后来的后来，你只是单纯地希望，他不要把日子过成 KTV 里的歌，时而不靠谱，时而不着调。你多想，他的这一生，应该像骨子里的气质，把日子过成一本精装的诗集，时而简单，时而精致。有一副好的身体，一直一直，一直一直快乐下去，活力下去，像月圆的样子，惹人喜爱。

这样，你就满足了。因为爱过，所以慈悲。你对自己，对他，都有了某种意义上的放过或留下。放过过往，留下过往。

对方在这个世界上，对你来说，毕竟和熙熙攘攘的人流中的身影不同，有过交集，有过回忆，带给你希望，带给你感动，带给你酸楚，带给你偶尔想起眼角不知不觉泛出的泪花。

展不开的眉头，挨不明的更漏。恰便是遮不住的青山隐隐，流不断的绿水悠悠。

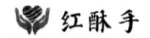

皮囊与灵魂

你也许会感慨这世上好看的皮囊太多,有趣的灵魂太少。至少我觉得,好看的人是越来越多了。

只要你身材不要太矮小,脸蛋不要太差,不要太不修边幅,衣服穿得得体,大体在别人的眼里都算耐看的。这就是好看的皮囊。更何况,现在的人都注重保养,注重锻炼,即使控不住嘴,也能迈开腿。

特别是女人,涂上粉底,抹上眼霜,眉毛修一修,唇膏涂一涂,高光打一打,面膜敷一敷,屁股扭一扭,毕竟是个鲜嫩的主儿。

看到知乎上有一则关于相亲的问答。

我:你喜欢什么样的姑娘?你说喜欢白富美,一眼看去就是那种很有气质的!那你月收入多少呢?

他:我上个月拿了公司的销售冠军,提成就拿了3万,加上其他的大概有4万块钱吧。

我:那你每个月打算花在谈恋爱上的钱有多少?

他：5000，1万吧，1万5吧……

我：可是据我所知白富美每月的消费在20万左右！

他：哈哈哈，其实我也就说说，那种女人谁要娶？娇滴滴的，都要人哄！

我：那你想找什么样的？

他：我这样的收入，找个普通家庭的美女总是可以的，比较喜欢妩媚的，嘿嘿嘿！

我照他说的帮他找到个模特儿，要知道美丽的代价就是钱。

口红、精华、面膜、衣服，一个月至少也要两三万。人家又喜欢型男，身材要好。

不需要养她，可以自食其力，希望对方的生活品质不能太差。

他说，天天陪客户喝酒，哪有时间锻炼啊？算了，我还是找个有趣一些、见多识广、为人大方的。

找了个他说的那种，介绍他们约会。

他说，我想找个懂事不黏人的那种，在外面应酬的时候不要总问我在哪儿。结婚后相夫教子，回家就能吃到热饭菜，还有就是要孝顺我的父母。

女孩儿说，说这么多就是让我做家庭主妇啦？

他说，你也知道现在物价很高，就靠我一个人的收入肯定不够，你还是要工作啊，但是生小孩儿那几年，我希望你照顾孩子放掉工作，等孩子大一些再回去工作。

女孩儿说，我的生活难道除了柴米油盐，就不应该有一些情趣吗？

他却说，哈哈哈！我觉得你这话说得就挺有趣的。都多大了？

红酥手

不要太天真了,有哪个男的娶你是为了生活情趣?

我不知道,继续问下去会怎么样,只是觉得像他这样的男子,想找个意中人真的不容易。

爱情和婚姻一样,最终讲究的是门当户对。

颜值相差太多,走在一起的可能性不会很大,爱美之心人皆有之。在同等的条件下,谁都想自己的另一半长得好看的,毕竟在一起几十年,没点脸面,总是容易看厌。

能走在一起的,也有原因可深究。要么你对她很好,铁杵磨成针。要么你有钱有社会地位有男人味,让她有仰望的高度。除此之外,其他的因素真的很少。

要说原因,勉强能算的就是那个女孩儿很傻,或者是涉世未深,容易被骗。

说一句不好听的话就是:好看的皮囊你爱不起,有趣的灵魂看不上你。皮囊与灵魂是相通的。皮囊之上是灵魂,高级的灵魂反哺有趣的皮囊。

很多男人为什么一直游走在半生不熟,年龄不小了还一直单着的焦灼状态,说到底无非是爱不起好看的皮囊,自己也缺少有趣的灵魂。

爱好看的皮囊,是要有足够的勇气和财气的。

这种勇气,来自对自己的自信,对自己敢于挑战高难度的愈挫愈勇。这种勇气,来自自己严格的自律,和让对方感觉你的未来不是梦,愿意和你牵着手的信念。觉得哪怕你骑着单车,她坐在身后,依偎在你肩膀也是最幸福的瞬间。这是一只股票,需要长期持有,也需要一段长远的眼光。

除此之外，还要有有趣的灵魂，这是加分项，也是力挽狂澜、反败为胜的机会。

有趣的灵魂包含的东西太多，往大了说是世界观、人生观、价值观，往小了说是幽默感、责任感、安全感、舒适感。这爱里面，你要是一个引导师、培训师、规划师。

你要懂得女人的要与不要之间的画外音。

你要了解一些基本的美容知识，懂得一些时尚的品牌。

你要有好记性，记住不该被遗忘的日子和瞬间。

你要有好脾气，愿意有时候傻傻乎乎，做一只狗，做一只猫，做一只可变不单调的宠物，萦绕左右。

你也要做狮子、做老虎，做搬运工，做提款机，做出气筒，做收音机，做过滤器，做老学究，做肌肉男……

也许你会说，怎么有这么多的要求。那当然了，一个男人，如果硬件不足，软件还不能补上，怎么可能追到肤白貌美气质佳的女子。

这个世界说到底终究还是公平的。一万个女人，就是一万个哈姆雷特。

在她们身上，对男人的标准千头万绪，指不定哪天惹了她，就把你炒了。你要么老老实实被管，要么勇勇敢敢拿下。要么被训，要么驯服她。

说得了段子，也看得住音乐剧。谈得了正经，也谈得了忧思。

你要知道女人的兴奋剂是玻尿酸、甜言蜜语、细水长流、死缠烂打、及时道歉、真诚示弱和深夜陪聊。

你要知道，女人其实很独立，她们越来越懂得经济独立才能人格独立。

你要知道，她最难过的时候，不是歇斯底里，而是低着头一声不吭、面无表情的时候。

你要知道，想得到女人的心，仅仅对她好是没有用的。而是自己需要足够优秀。每个女人都喜欢能让她仰视的男人。

要面若桃花、真诚善良、触觉敏锐、坚忍独立、缱绻决绝。

要坚持读书、写字、听歌、旅行、上网、摄影、换灯泡、修水管，样样会一点。

要让她有惊喜，有浪漫，有自由，有被爱的温暖。

要欣赏她静下来打扫、烹饪、插花、发呆、犯傻等样子。

外修形体，内修气质，皮囊与灵魂双向发力，才是灵丹妙药。

雨天想念的人

阴天，雨天，若能安下心来，便是幸福。因为，所有往事会在雨滴的问候中慢慢勾起，和谐而隽永。雨天，也会过滤掉心中杂念，让心灵在俗世中深呼吸。

童年的歌谣里，有关雨天的乐章，总是被欢乐的音符填满。下雨，是不言而喻之喜。可能是因为雨的到来，让原本的一堂痛苦的长跑课临时取消。当老师宣布的那一瞬间，雀跃感乘着花轿而来。找靠窗的同学悄悄换座，作业本下，压一册小说，硬生生地读。浓密的书香，慢慢溢出来。这才是雨天该有的样子，和发生的时节有关。

逐渐长大，中学时代带有一丝多愁善感，醉心于"沾衣欲湿杏花雨"的含蓄，也沉湎于"春潮带雨晚来急"的幽思。被雨落下，无论时钟指向，总要去踩踩那方湿润的问候，少年的心事和少女的心事会在某一刻相遇。有时打伞，有时不打，全凭心境，心境里是情窦初开的模样，说得也说不得。说了怕全世界都知道，不说也怕想被知道的人不知道。雨滴如幕布上错落的光圈，演绎了光怪陆离

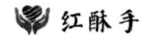

的远去时光,青春音符。

年岁渐长,唯有雨天,会有抵挡外力的一些期待。那一个雨天,是生命中不会忘记的雨天。寻常的路,多情的雨,伞下两人,不紧不慢地走着。他不敢看她。她似乎也不敢看他。不敢不是真的不敢,而是没看的时候心里已经不止一次地看,所有关于对方的模样从现实连接联想,生出翅膀,飞向高空,自由浪漫。忽一抬头,雨水从伞的一角滴落,落在她的肩上。晶莹,洁白,像泪珠,也像若有若无的心事。那一刻,他觉得她是这个世界上最美的女孩。从眼睛到睫毛,从皮肤到长发,所有的一切都是不曾找到的名词可以描述的美好。

她给他一些提示。关于未来的,关于以后的。他点点头,默默记下一些。那样的时刻,他和她都忘了再多说些什么,伞外的天空雨水连连,分不清人世间的情爱也包含着悲欢离合。那也是一种清欢吧。清欢之爱,在最好的季节。不用言语,也能明晓的爱,热烈而单纯。

后来,在书上看到关于雨的一句话:你在雨天想念的人,是你爱的人。对应的,还有一句雪天的:你在雪天想念的人,是爱你的人。于是,当有雨点落下,便闷头思考,那关于想念的片段。也许,就单过的日子来说,雪天很少,雨天居多。可那么多的雨天,爱的发生却是迥异的,爱或者不爱,都是迷离的。无论雨天,或是雪天,爱都发生在彼此的联通上,天平有倾斜,重量称不出。雨天对爱的发生而言,更常态。雪天,对爱的恒温而言,更浪漫。如是而已。

大多时候,伞是一种媒介,串起平行的两个世界。有雨,有雪，有风，有霜。四季流年，似乎在撑开的世界里，也在收起的世界里。我们愿意为陌生人撑起一把小伞，只为传递相逢的温暖。传递之中，有眼神的交流，意外由此发生，滑落到多深的地步，全凭造物的安排。有人在然后的然后，默默转过头去，轻轻挥手告别。在默然的以后，缘分就是零落的雨滴，相逢和相离都不由我们做主。如同雨水钻入泥土，渗进植物的质感。

古往今来，和雨天有故事的人不少。大诗人也概莫能外。想起李商隐的那首："君问归期未有期，巴山夜雨涨秋池。何当共剪西窗烛，却话巴山夜雨时。"话说李商隐的妻子王晏媄是贤良端庄的女子，婚后两人十分恩爱。李商隐娶她这一年，他二十五岁，新娘只有十五岁，是娇妻配如意郎，才子佳人，琴瑟和鸣。但遗憾的是，由于李商隐仕途不顺，婚后的十三年里，夫妻之间一直是聚少离多，两地分居，只能靠鸿雁传书，互诉衷肠，彼此宽慰。李一生写过无数脍炙人口的爱情诗，但是唯独这首《夜雨寄北》最不忍读，蜀地做官，离人心苦，思妻惆怅，如雨洒落，连绵不绝。

人们总是随着天气的变化而有不同的思绪。天气给了情绪外衣，很多旧人旧事已经成为遥远的绝响，但有时候回忆过往，悬挂于枝头的，不是陌上花开，而是心上残雪。

夏加尔曾说过，"要诗意地生活"。他的画空灵，独树一帜。画得最多的是他的妻子蓓拉。从二十二岁开始，一直在画，只画这一个女人。他看她如蝴蝶，他们在空中相遇，交换心扉，飞翔一般的爱情穿越了云层积压的欲来山雨。他说，只要一打开窗，她就出现在这儿，带来了碧空、爱情和鲜花。三十五年光阴轮替，多少个雨天，多少个想念，竟是同一个人，这是何等的引人联想，继而心生

红酥手

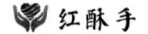

敬意。

谁都会在爱里犹豫，当物质变得越来越难以满足由节奏而带来的惶惶不安时，逃离的欲望总会在每个人身上或多或少沉浮。

"你能体谅我的雨天，偶尔胆怯你都了解，过去那些大雨落下的瞬间，我突然发现……"燕子的歌声里，更多的是宁静的觉醒。一场雨，本无深意，深意由人心而起，贪嗔痴俱在，平日里发呆也找不到的词句化成了搜索的来龙去脉，让想念不再是想念，反倒成了流浪，一个人，在路上的那种流浪。

走走停停，断断续续，只想在雨中，在雨滴的投怀送抱中顿悟原生的美好，让相互惦记赶来，让彼此心疼赶来，让不在意赶来。雨水，像大海的眼泪，落在了我的心上，夏天一阵凉意，冬天寒冷椎心。

毕竟，我忘了带伞。

不只有舒适感

如果世界上的人分男人和女人两大类,那花心的比例总是男人高。

男人是雄性动物。雄性传播自己的种子,雌性负责孕育。社会分工的演化,造成了不同时期男女对待感情的态度。但整体而言,男人的表现会直接一点,而女人更像是猫头鹰,充满了自省和警觉。

认识一个年龄稍长的女性朋友,她是离婚的。前夫做的是销售,工作经常出差,一来二去和随行的女同事扯上关系了。

她说,她知道男人是花心的,就像猫都偷腥,可是他不能不管这个家啊。

我说,你倒是看得很开啊。

她说,现在的男人经得住诱惑的少,况且女的也主动,投怀送抱谁会不要?

她说,只要他能对这个家庭负责,给孩子一个好的交代也就罢了。

我沉默，顿时觉得这世间的女人真的是各有不同，不像男人有很多的共性。

恋爱中的男女，双方都会尽量给对方呈现最美好的一面，偷偷地把自己的真实一面呈现出来。而一旦结婚，琐碎的家长里短及人际交往，像打翻了五味瓶，往往漂染了三观的不同。若是一方不去谦让，一方不愿将就，一方不去了解，一方不去理解，彼此的形象都不会太在乎。

双方都是成年人，真的撕开了脸皮，谁也没有啥不能放下的。有的女人婚后把对孩子的爱注得满杯，蓬头垢面，而男人照样潇洒放松，加之男人接触的面广了，自然有更优质的女性入眼，于是黄脸婆就这么产生。黄脸婆产生的原因有很多种，都说男人好色，女人爱财，多半情况下的多数女人对金钱的认识是比男性更深刻一些的，在经济条件不允许的条件下，是不容易对自己太舍得，她们想着为家庭而节省。

在很多个场合，听到或看到过男女对于家庭的描述、对于婚姻的描述，吐槽多半来自女人，男人习惯于展示某些无奈。女人吐槽男人不着家，男人吐槽女人管得太多，像钉了个笼子。女人的缺点或许在于想象力太丰富，男人的一个电话或一个短信，都会让某些女人突然警觉起来，继续偷偷地怀疑和查岗。男人的缺点也在于，很容易把自己的爱泛滥，对每个漂亮的女人都好，对每个优雅的女人都好，对每个身材好的女人都好，这或许是每个男人的通病。

好的婚姻不应该只有舒适感。

相反地，随着时间的推移，年龄的增长，审美的疲劳，对彼此自感太熟，那么所谓的舒适感就不是越深越好，而是来源于源源不断的紧张感和追求感。紧张感是一颗向上的心，追求感是对婚姻的深层次认知。

如若双方都没有追求，都得过且过，要么是两人一起变庸俗，要么是迟早有一天各奔东西。不见得谁都能找到更好的，但分开总是可以预见的结果。

男人容易见异思迁，女人多半日久生情。一方是射手，打下了江山守江山的心却远了。一方是双鱼，眼泪在水里，多半冷暖自知。男人会因为熟悉而生厌，女人却因为熟悉而适应。于是，想离开舒适圈的多半是男人。

很多时候，很细小的事情却最容易引发争吵，继而以此类推，作为导火索，引发大矛盾。千里之堤溃于蚁穴，在婚姻中常常得到印证。

听过一件关于挤牙膏的事，一方是做美甲的妻子，一方是做编辑的丈夫。妻子挤牙膏没有讲究，有时候从牙膏尾部开始挤，有时从中间挤，弄得牙膏窝窝瘪瘪。而丈夫是一板一眼，从底部开始挤，否则就不自在。

有一天，丈夫因为编稿压力太大，忍不住了，冲着妻子嚷嚷：挤牙膏要从尾部开始挤。我告诉你，我讨厌你这种做事眉毛胡子一把抓的坏毛病。

妻子一听也火了，说了一大堆诸如起床后不叠被子、袜子乱扔、东西乱放等小毛病。

丈夫火了，他说，我说你是为你好。

妻子也火了，她说，一个男人这点事情都要斤斤计较，还怎么过日子。

丈夫说,我每天辛辛苦苦,你还觉得日子不能过?

妻子说,对啊,就是没法过了。

后来,他们分开了。

对于婚姻来说,倦怠总是难免的,不然也就没有"七年之痒"等说法了。

婚姻生活没有一成不变,当我们以为"就是这个样子"的时候,往往是危机的开始。

曾相爱，泪在滴

睡不着，夜有点冷，换了父亲的军大衣，对着计算机发会儿呆。军大衣是记忆，暖和的意味和怀旧是重叠的。此刻，世界安静了，太多的人已经入睡，太多的人却难以入睡。

夜正年轻，是否你也想加入这样一场狂欢。生活再复杂，总不及爱来得复杂。看一场电影，在电视上，题目是"伏虎武松"，打虎是老套路，可是这一回武松遇上了三娘。三娘侠骨柔情，救了武松的场。到后来，二人情愫暗生。一个是八面来风的英雄，一个是里外聪颖的烈女子。戏的最后，俩人终究各为其主，不得不奔赴各自的路。

三娘问，你胸怀天下却装不下我吗？

武松答，我装不下爱情。感情太大，比天下更复杂。一只老虎窜出来，尾随武松浪迹天涯。二人反向而行，眼神迷离，欲言又止，渐行渐远……

我们一路走来，都是在爱里跌跌撞撞。有人跌倒了爬起来，有人跌倒了想留在原地，还有人跌倒了就不想走这条路。

红酥手

爱是很微妙的事。以前在 KTV 唱歌的时候,麦霸多是女生。她们一首一首地点,一遍一遍地唱,唱得你的心七上八下,可手里的话筒从左手换到右手,从右手换到左手,声音里听得出淡淡的哀愁,随着灯光闪烁的,你若用心还会发现有浅浅的泪花。有时候,它将出未出。有时候,它悄悄地顺着脸颊滑落下来,颈脖是桥梁,没有阻挡,在天地间肆意释放。我知道,会唱歌的女生多半感情经历比较丰富。对着屏幕,对着文字,想起的是过往,这点我深信不疑。她们在爱里义无反顾,为不同类型的男子心力交瘁,却又一往无前。她们渴望每一份感情,就像在暗夜里期待黎明的到来。都说女子本弱,为母则刚。我则认为,女子看似弱,实则最刚强。要不怎么有天下之至柔驰骋天下之至刚一说。

为了男子,可以牺牲很多,改掉自己很多的小毛病。不再矫情,不再发嗲,不再柔弱,甚至干起了男人干的活,她们用自己的坚强欲求男人的赞许。很多时候,就这样改着改着,某一个夜晚,对镜贴花黄才猛然发现镜子中的自己是如此陌生,随之掩面而泣,肝肠寸断。

很多时候,男人想象不出女人的爱是那么长久,不像男人那般犹豫不决,坚持不到底。坚持对男人来说,就像读一本女人的书,但就一本未免无聊,即使能力弱小,也就心生花样,看着碗里的,想着遥远的火锅店里的。他做不到在过程中不分心。

她漂洋过海,远道而来,放下工作,放下对家庭的牵挂,只为见到你那张记忆里怦然心动的脸。对,记忆没变。还是风中未经洗礼的模样,躲过了岁月的考验。你不知道自己好在哪里,可你也拒绝不了她的热情和仰望你的高度。

你会自私地想，爱一天多一天，不妨大胆地活在当下。能逃离现世的庸人自扰，追逐一场两个人的烟火，在陌生的城市，或是陌生的场合，是多么豪迈，多么惬意，像极了游戏里的超级英雄。拥有最好的装备，拥有无数的追随者，在一个江湖里独领风骚，号令天下，该是多么满足虚荣心。

可是时光的前头，你总不能为了私心的满足而做长久的伤害。就像一个武林高手，遇上江湖里的弱女子，纵使楚楚动人，也不能长久逗留。一旦逗留，便动了情，动了情，便失去了在江湖里迎战风雨的锐气，未免揪心，像一道伤疤一旦触及，便会撕开口子，难以愈合。

她有她的喜欢，她有她的路要走，你的出现，只是恰到好处，却不免未尽全力。都说真正的爱是对等的，辜负不是责任的托词。可是爱里哪有对等，进行的，过去的，终将消逝在慢慢流淌的光阴里。唯一能做的善事，就是看着她慢慢变好，看着她回到最初的模样，自信而从容地走过黯淡荒芜的街角，在灯火阑珊处回眸一笑，倾国倾城。

你难免动容，为自己动容，因为眼泪在打转，就要滴出来了。如果爱是内心的潜台词，不如让恒久、相思、初见、无常这些词语串联起来，串起过去和将来，达到不念过去、不畏将来的境界。

常常苦思冥想，真爱是什么。可是我们代表的只是我们而已，个体的数量太稀疏，即使有经历穿插，自认丰富，在旁人眼中无非也是行走的身体，没有区别，也不会关心。你会想起，那些年也许不曾言语的相视一笑才是彼此懂得的最好告白。你觉得，只有双方都用心去感悟，去领悟，才有关于爱情的专有定义。一个人的成长和丰盈，终究是自私的。两个人的守望，心与心的感应，才是爱的箴言，写入记事本的心情才值得被歌颂。

我们终究是凡人，食人间烟火，步尘世泥沙，多为跌跌跄跄，懵里懵懂。即使忘不了，也再难回头。少年不识愁滋味，只是未到伤心时。

听到一对男女说起过这样的话：多年以后，曾经的话如闪电深入骨髓，化作刺不破的盔甲，让柔软的心涂上保护色。这或许是另一种新生，放过了彼此，只留回忆在冰封的角落，打开的钥匙只在自己的私家园林，你会明白，这是滋养余生的力量，尽管声声叹息。

芸芸众生，放下很难。在世界的某个安静角落，总有人在默默祈祷，虔诚而执着。如果有一天，在熙熙攘攘的大街遇见，你的心还会为之一震。

熟悉的味道传来，似一缕故乡的炊烟，眼角泛出泪花。看到曾经熟悉的，安放了陌生，又变得熟悉。

你知道，她或他终于成了你期待中的最好，最真，最洒脱。

你会含泪笑着说，别来无恙，你在心上。

如此这般，纵然心酸也浪漫。深情无人懂，也不失为另一种好。

来生，让我们再遇见。今生，愿你鲜活如昨……

乙卷 爱不得

这样的女子

天下女子千千万,每个男人都曾期待过理想中的对方的样子。后来,随着时间推移,发现每一个阶段对理想的定义是不同的。

每一种女子,都有可能被吸引。

偶尔确实有这样的事,你爱上某人,当时没有觉察,事后回想起来,已无迹可寻。

对心仪女子的描述也是这样,它是一种感觉,像灵感在某个瞬间闯入,当时的是当时的清醒,如果过去了就成了空中楼阁,便很难遇见,极难想起。

在书里,每一个女子都有万般风情。可是,不是所有的女子都能适合。你的理想状态中的女子,一定是很多个女子的结合体,好多个她的优点集结,才是你心中完美的画像。同样的,这样的法则也适用于女子对男人的期待,完美男人的期待。

斗转星移,此生想要寻找的是这样一个女子。

一个不吃醋的女子。自从人类有了微信,恋爱和背叛似乎都换了一种模样。男女交往或是婚姻日常中,彼此都不放心彼此,点赞也会生出醋意，进而迭代升级，成为婚姻的某个战场，一触即发。我相信女人的第六感，也相信从性别本能的角度出发，男人善于进攻，喜欢冒险，迎难而上，也有一颗四处张望的心。但不是所有的张望都需要被窥探，譬如点赞，譬如没来由的猜疑。见过共同好友里点了你的赞，而没有点她的赞，带来的话题。一方是妻子的闺密，一方是闺密的丈夫。当妻子的丈夫和妻子的闺密有了互动，问题就来了。吃醋、怀疑、耿耿于怀、追踪，最终闹得不欢而散。我想，一个女子的魅力在于她的自信，不需要管着对方，让彼此的空间太狭小，因为大多数时候想要握住一件东西，不妨摊开手心，让天地更开阔一些。

一个明媚的女子。男人多半藏着心事，而女人不妨带点活泼。不是活蹦乱跳的那种，而是可以静心，又可以撒欢儿的那种。她给你带来新鲜感，让你在寻常的生活里快乐起来，用外物刺激你的心灵，这是一种引领。她可以外柔，但要内刚。

有在一群人中引领的能力，有迷人的微笑，能感染周遭的朋友。在世俗中制造快乐，在无奈中自得其乐，像一束束阳光照进你的心，让你放松紧绷的神经，有勇气离开自己的舒适区，找到陌生世界里的新亮点。这是一种能力，愿意带着你，便是最能被珍视的情感，海角天涯犹可追。

一个自我的女子。爱的世界有太多无声的语言。很多人容易为了爱失去自己，失去自己的后果很严重，并不能带来持久的爱。一开始，男人会觉得你对他这般好，可日子长了，终究不是个事。你的精力有限，你有你的圈子要拓展，你的生活黯淡无光，自己蓬头垢面，只知道付出的结局是越来越不认识自己。所以，我倒希望她忙着自己的忙，若有闲暇才走近我，丰富了自己才有心情对待周遭的俗常事物。这是一种自我认知，自我进化。因为自我，才懂得自爱。知道爱的无常，理解爱的相互性，只爱上爱情本身，爱在惜爱，爱去随缘。不在一起时，各自打拼，拼尽全力。在一起时，脚踏实地又仰望星空。这样的自爱，打开一看，有小女子的情怀，也有大女子的胸襟，使自己每时每刻都处于新鲜的状态，保障了对生活精致追求的可能。

一个爱旅行的女子。观世界，才有世界观。在路上，见天地，见众生，见自我。凡此种种，构成了一个人独特的气质。女子也不例外。若能从琐碎的日常里逃离出来，或一个人，或小聚出行，在广阔的天地间感悟生命的无常，体会个体的渺小，这样的女子无疑是与时俱进的，在与山河的遇见中，蓬勃的欲望，望眼欲穿的眼神，永不停歇的脚步，一一构成了安放在双肩包上的发光体。就像林清玄说的那样：我们把生活分成两部分，一部分是重要的生活，一部分是紧急的生活。很多人都在紧急地生活，随波逐流，而不是重要地生活。重要生活的女子，不困于日常，但又不逃离日常。她们在日常里尽百分百的力，用最大的诚意和对待时间的态度，让自己除此之外有更新的生活，为自己的思想升级到新的境界而奔跑至死。我想，这是一个女子很吸睛的一点。为什么在人群之中，你能一眼看到她的不同，无不是用阅读、行路、所见的人堆砌出来的个体。她有她的辨识度，她从远方而来，赴你一面之约。

一个平常心的女子，知道自己的缺点和弱势，知道自己的无奈和无助，也知道那些无理取闹和心意慌慌。对物质没有太多的要求，许上等愿，结中等缘，享下等福。脸上无悲伤，无大喜，忍冲动，写的是一颗平常心，看的是人间烟火气。

　　不媚俗，不随流，不对着手机屏幕乐此不疲，不对身边小事漠不关心。既关心粮食和蔬菜，也关心树上的蝉鸣和天上的月圆。她知道，有些事情不能迎头痛击，也只能迂回解决。她也知道，要容许男人的沉思和默默流下的眼泪。不用去解释，不用去安慰，只需要一刻安安静静的拥抱。

　　生命像一页页的日历，撕扯一页便少一页，遁迹山林，享清风明月，晴耕雨读，长时间地守着一株花，看那花苞徐徐展瓣，享受春风的眷顾、夏雨的阴凉、秋叶的精美、冬雪的安详，或许这也是人间值得追求的至乐。至乐在瞬间，无平常心寻不到。

　　这样的女子，不悲不喜，不疾不徐，念兹在兹，即使得不到，也时时刻刻在心头飞舞。

乙卷 爱不得

哪有永垂不朽

这个世界上没有什么是永垂不朽的。飞蝶翩跹，如浮于海。春似海，花似海，空气似海，可惜少个灵巧神秘的"桴"。浪漫的人会说，我说不来为什么爱你，但我知道你就是我不爱别人的理由。现实的人会说，没有无缘无故的爱，你爱过只不过是一时的兴起，做不了朝朝暮暮的主。

有人说，花开不是等人看，是等蝶来找。大师王鼎钧说，花种是荷兰来的。当地的蝴蝶怎会认识她？荷兰的蝴蝶怎能飞过重洋？所以蝴蝶很犹豫，很徘徊。花也很焦急。

少年不识愁滋味，如今越来越懂得。感情是这样，亲情也是这样，生活亦是如此，它们是相通的，没有看起来的隔阂。当我们身边的正能量多了的时候，不妨从另一角度去解剖我们习以为常的种种。就像好话听得多了，人难免沾沾自喜，难免忘乎所以，忘乎所以就容易乐极生悲。而真心话却难听到，一个得人家敢说，另一个得自己敢听。人家说了，你又听了，便有"哀兵必胜"的感觉，妙哉。

红酥手

年少时，爱情美丽得像天上的云朵，看一眼就陶醉。长大了，所有的现实摆在你面前，让你不得不向生活低头。你在一次次地冲击胜利时，胜利果断地弃你而去，面无表情。

有一位朋友，向我吐槽过找对象的苦。和他的交情有十多年了。他家里没钱，父母是辛苦的上班族，一家人挤在七十来平方米的老式平房，虽然是居民户口，住在城里，却没有一点城里人的优越感。

自己老大不小，相貌平平，加之穿衣打扮毫无讲究，看起来已经归结为某类女性群体的"有点庸俗"，相亲了好多回，每次都是无疾而终。女方不是嫌他木讷老实，就是嫌他没钱没房，没有好工作。他也索性不慌，依然不紧不慢地过着他的单身生活。如今再去看他，依然一个人。不知道是现实太无奈，还是谈感情太奢侈。望眼欲穿的人费了九牛二虎之力，却找不到寻寻常常的幸福双响炮。

本无意呈现如此的生活状态，只是觉得人性中总难免有自私的那一部分。你不去揭穿它，它还是躲在你的体内，非常顽固。在感情里，若是自己的条件不好，难免会遭到对方的嫌弃。曾经以为的爱情，在瞬息万变的社会，难免不堪一击。说到底，拼的是综合实力。只有旗鼓相当，才能找到情投意合的另一方。怎么对待这样的事呢？若爱，自然得深爱。可要千里姻缘一线牵，有时候又不得不降低标准找个条件看起来差点的，那么自己努把力变成对方心中的好。唯有此，才能找到对等的那一半。

没有人会告诉你你到底该怎么做，该怎么坏得恰到好处，该怎么当机立断拿下心仪的对方，该怎么哄骗女孩子的心，该怎么吸引男孩子的注意力。

大家都现实着呢。找老公，要考虑父母的情绪，找媳妇，要征得父母的同意。说到底，双方的家庭都是为了互相找到面子，为了互相让自己的子女过得更好。

我们谈到爱情的时候都信誓旦旦地认为，爱，是永垂不朽的。

可在内心深处，难免填满了不确定。世界的成熟，像一个人，应该表现在宽容和博大上，这样的格局便于每个人更好地投入世界的怀抱。

我们努力赚钱，是为了自己过得舒服，为了父母有面子，为了不在朋友面前低人一等。

诚然，这些是看到的事实。但我们也不至于一叶障目，看到的现象不代表一切，世界还依然保持着大多数的美好。永垂不朽不是爱情的真面目，分分合合，庸人自扰，情深缘浅，缘去如水，都是爱情的常态。

不朽是对时间的期待，就像古代帝王追求的不老仙术，终究得之欣然，失之泰然。不朽的遗憾源自时间的落差。一个时间结束，一个人走完生命的旅程，自然没有了永垂不朽一说。

生命由太多的片段所组成，我们为什么会变得成熟和坦然，多半是我们改变不了这个世界和改变不了自己，于是只能将就，只能在自我虚构的世界里沾沾自喜，乐此不疲。

很多年之前，我在一张纸上看到这么一句话：世相繁华皆幻化。

这句话初见时和那句"生命是一袭华美的旗袍，爬满了虱子"有异曲同工之境。只是，其中的内里却说不得，不好说，说了也徒劳，都是一辈子，都在走向死亡，还有什么会永垂不朽？

情爱，不过是其中的一部分。不用去细想了，就像大多数人都不会想母亲好看还是不好看，母亲就是母亲。

你若安好

天冷了，冬天的味道渐入佳境。时间是个无情的小偷，你不用心体会，很难发现自己丢失了什么。拥挤的车流，忙碌的脚步背后，却各有各的惆怅和感伤，一如这个季节。

每天，这个世界都在悄然改变，或许不起眼，或许天壤有别，每个人都沿着自己的轨迹一路前行，却少不了迷惘和徘徊。只是有的人会停下来，哪怕只是换双鞋子，让自己的脚舒服些。

世俗的内心，或纠结，或张扬，或洒脱，或狭隘，都在一念之间。走的路没有千篇一律，也无从参考，偶尔在途中的相遇，能短暂问候或是投以温暖的目光，值得庆幸。毕竟，即使天空没有留下鸟的痕迹，但我已飞过。

好的友情，好的爱情，好的亲情，是无须多言的。哪怕相隔万水千山，哪怕久未谋面，只要心里惦着，记着，念着，相信相逢后仍有"人生若只如初见"的感慨和美好。

徐志摩给林徽因写过：时光如水，总是无言。若你安好，便是晴天。后人最常用的是"你若安好，便是晴天"。这已然是一种境界了。两两分开之后，人生的轨迹各不相同，在心里的某个角落依然安放着过往的云烟，并愿对方安好，这样的爱也对得起以往的遇见了。

  各有各自的忙，各自有各自的心事，就不必苛求常相见。现实或许会更严峻一点，不是可以相见，是相见不了。你知道你坐过这一站，该下车了。别人上车了，尽管她在车上，你却陪不了她，都得过自己的小日子，相思无影无声，消失在风中，也消失在水中。

  静下心来，想一件事情，爱恨情仇自然会在列。你会觉得光阴是如此无情。曾经以为的放不下，到了后面竟变成了一种可甜可咸的感觉，甜的是入了味，激发了舌尖。咸的是包容了寡淡，冲击了往事的苦。爱里的人都很苦，苦于不能把自己最好的一面呈现出来，连见个面都是跟跟跄跄，慌慌张张。爱里的人都很甜，甜是外溢的奶油，全世界都能看到你嘴角的残留。你惊觉自己回顾往事的这种状态，脑子的这些想法，居然从以前走了出来，以看风景的心把一点一点的心事从时间的收纳盒里拿出来，贴上标签，分门别类，用铃铛串起来，用红绳串起来，随风摇曳，发出过去的声响。

  有时候，你会想着跟她联系。她也许也会这么想。可是，再熟悉的连接点都像鞭炮一样不想被点上，怕噼里啪啦震耳欲聋，怕一地碎屑不忍收拾。你能想起来的夜晚，世界安静得只剩下你和她。屋外的长风像耳语一样撩人，眼神却像饥饿的拾荒者等待某一种施舍。深情在酒醉里，在睡梦中，忍不住的是想念的一颗心，飞不过沧海，却总是保持飞的姿态。

  舒婷的诗是我喜欢的，那里有爱的意境，不同的人读出的是不同的味道。她说，你被时间的落叶所掩藏的小道，如果它一直通往你的心中，那么我的光亮，就是一拱美丽的虹桥。有点像近日读到的尤今的《葫芦里的爱情》。

一个男人。妻子已故。生前，妻子种下了葫芦藤。妻子病逝的那一年，葫芦藤上结出了第一枚果子，男主人将妻子的名字"艾德琳娜"刻了上去。他说，我和妻子十六岁相识，二十岁结婚，相伴相守半个世纪。她走了，我真的很不习惯。我在葫芦上刻下她的名字，葫芦夜夜餐风饮露，一寸寸成长，葫芦上的名字也日益壮大……风吹葫芦动，即使他的容貌衰老，也知道艾德琳娜并未离去。她在，一直都在。

时至今日，讯息发达。我们要想与另一个人连接，有很多选择和机会，对于爱的表达和冲动却少了很多年前的那种真实和淳朴。就像一个人，涉世未深有他的可爱之处。但是阅历丰富了，也有可能变得失去本真，一切都会流于形式，都会藏一些掖一些，不说对错，但味道自然缺失了一些。安好，是彼时的安好。当下的状态，已经过了那一站，就不需要去探寻了。即便你能记得，对方也未必记得。即便双方都记得，可终究也回不去了。

我在某些夜晚，记得自己做过的梦，如今若有若无地记下来，权当纪念。

在爱里，每个人都是受伤者，也都是疗伤者。每一个人生阶段都有不同的心情，就如经历不同的风景，产生的不同感受。或喜或悲，或静或动，或近或远，改变不是坏事，改变不足以伤感。你若想安静，你就安静吧，静静地做自己。人和车一样，总要有些瑕疵，总要常常保养，总要及时加油，才能轻松上路，才能放心托付。托付不了，也不用一路上想着往前冲。太快，有人会担心你。

太慢，又容易迷失自我，继而影响另一个她。

　　罗翔说，爱是相信。所有的相信其实都是一种选择。真正的爱是走心的，它不仅仅是肉体的愉悦，也不是单纯的算计，更不是一种感觉，它更多的是命运赋予的一份美好的责任与期待。只是，走心的爱不一定能长久。在命运的大幕之下，过往不仅仅成了过往，它的走向由过程而产生，引导它的走向。不过，对对方的祝福，在时间的度量衡里不过是一颗心而已，生活本身最大的精彩在于不该忘记，因为有很多东西，当你不再拥有，那就让它不要忘记。

　　不该忘记的除了生活本身，还有年轻的记忆，历经岁月洗礼的熟悉容颜和相互惦念的情怀。如果没有忘记，那么各自安好的祝福也是一种深情……

乙卷　爱不得

各自奔天涯

感情需要有流量，需要有人关注。关注不一定是坏事，它可能是助推器。

在感情中，我们都害怕孤独，喜欢热闹。希望对方带给我们快乐，而不是悲伤。可是，以我的眼睛去看，好的感情并不是每天嘻嘻哈哈的，能给彼此带来快乐固然很好，但经历过思考，甚至痛苦，是一段感情的保鲜剂。

好的情人，是让你想起来能流泪的人。好的爱情，也会让你午夜梦回，痛哭涕零。想起某时，忆起何地，也许他或她已经不在，各自奔天涯。

他和她是大学同学。在一起近三年，分手时的最后一次见面，两人都哭了。

她忍不住问他，可不可以不要分手？

他说，我们不合适。

她追问，我哪里不好？

他说，你除了脾气大，哪里都好。

她沉默不语，毅然甩头离开。她知道其实所谓的脾气，不过是不爱了的借口。只有不爱了，才会觉得无法继续忍耐。

她伤感的不光是和他一起走过的路，而是没分手的时候也经常很久不见面。可是当她提出分手时，他竟然毫无异议，比她还放得快。

后来，她像所有曾经爱得死去活来的那些女孩子一样，把跟他有关的所有的联系方式都删了。

因为她不想看，不想知道，不想承认彼此曾经爱过，又不敢面对三年的感情竟然如此易碎的现实。像一场梦，连问话的资格都没有，梦里的人已拂袖而去。

她也不止一次想过：如果现在他后悔了，来找我，我会答应吗？

她的内心告诉她：我会的。

但是她又告诉自己：如果在这中间，他交了别的女朋友，我就不会。她给自己留了台阶。

可是世上新人换旧人，谁能保证自己不在新的感情来临时蠢蠢欲动。谁都不是圣人，有人对你好，持续地对你好，加上他条件还可以，总有可能不忍心拒绝。

爱情的产生有很多种。一种是脆弱的当口，你太需要有个人来照顾、倾诉、陪伴。一种是热情的当口，你像春天的花朵绽放你的心情，让自己活力四射，可是你需要一个旗鼓相当的人来衬托你的场面，衬托你那种想告诉全世界你很好、你值得爱的感觉。于是，你在心底无数次想着：一定会有新的出现，新的会让我过得更好。至于后面的故事是不是自欺欺人，也没有细想，岁月长着呢，即使如此,也不过是周瑜打黄盖——一个愿打一个愿挨。

后来的后来,她断断续续听到一些关于他的消息。他找了个富家女,在学校的论坛上,还有班上同学翻晒出的甜蜜照,以及不知道经过了几手传来的小道消息。这些小道消息汇成了一条河,掀起她胸口的浪。但她只看一眼,就知道,他的笑容很勉强,和以往的大不同,也许剥去物质的外壳,他过得并不幸福。这样的笑容,只有她能轻易地发现。

可是,那又怎样呢?他毕竟选择了另外一个人,过起了另外一种生活。

她知道只有自己的感觉才最真实,过去的伤害也好,毕竟夹杂着回忆,只希望他过得好就够了,怨恨是属于怨妇的。怨妇是没有人喜欢的。当然,这个世界有时候对女性提出了太多的要求。我们活着,都是时刻处于矛盾之中,感情也不例外。当然,我敢肯定女性的矛盾会多一些。

那天在朋友圈看到一大段以图片形式呈现的文案。

我们必须时刻做到无可挑剔,可事与愿违,我们总是一错再错。

你必须瘦,又不能太瘦,你不能说自己想瘦,你得说,你是为了健康,所以不得不逼着自己瘦。

你要有钱,但是不能张口要钱,否则就是俗。

你要往上爬,但不能靠手腕。

要有领导力,但不能压制别人的想法。

你必须喜欢当妈妈,但不能整天把孩子挂在嘴上。你要有自己的事业,但同时,你得把身边的人照顾得无微不至。

如果男人干了荒唐的事,就是女人的问题,这很离谱。可如果

红酥手

公之于众,他们就骂你是怨妇。你要为男人而美,但不能过度,让男人有非分之想,或者让女人有危机感。因为要想融入女人圈,就不能过于突出。

你必须懂得感恩,但是别忘了系统是受操控的。你要想办法接受,还要心存感激。你永远不能变老,永远不能失态,永远不能炫耀,永远不能自私,永远不能消沉,不能失败,不能胆怯,永远不能离经叛道。

这太困难了,处处都是矛盾。而且绝对不会有人奖励你或感谢你。到了最后,你不但做错了所有事,而且所有的错都怪在你头上。

以上种种,让我惊讶于做女人的不容易。这种不容易既来自生理的,也来自地理的,更来自说不清道不明的那么多道理。

爱一个人时,是全心全意的,也是自私的,想占有他,想支配他,想让对方听自己的话,对方的好都时不时想在别人面前显摆一下。可是,爱也匆匆,去也匆匆。

幸福的感觉,多半只可意会不可言传。你忍不住想说给别人听,可别人并不会想去听。我们在世界上活着,有太多的心事,有太多的牵绊,也会因为自己的境遇对感情忽冷忽热,甚至想让爱情自生自灭。

因为,我们常常会忘记爱情真正的模样。等到了人老珠黄,无非是回忆最美。

时间的另一头,也会心甘情愿地希望有最简单的陪伴,仅此而已。

辜负谁,拥抱谁,牺牲谁,眼泪微笑混成一团,笔笔账目已算不清。

乙卷　爱不得

时间酿美人

时间酿酒，也酿世间万物。我最关注的，是时间酿美人。女人的美各不相同，但不用怀疑的是，她们的美是时间挥霍出来的。

时间在女人的字典里是什么？要加上变美的后缀，那一定得要是阅历、学习力和特质。这三者相互融合，互为影响。阅历来自各种各样的经历。这种经历不一定要是磨难，但最起码是见过形形色色的人，知道众生的不同并在众生里感受每个人的无奈和落寞。当你有了见识，这样的阅历便会给你的时间增值。

学习力则主要来自书本。它得像化妆品一样，带给你持续的驻颜功能。书本上的道理，听得多了，眼界就开了，脑洞就开了，心意就开了，很多想不通的道理就慢慢想通了。再去看男人，男人也没有那么神圣和重要了，于是你更接近自己，你更像女人。

特质，则来自伤害与被伤害带来的顿悟。都说好的女人是一所大学，好的男人亦然。哪个女子都曾在爱里卑微过，任性过，忧伤过，也不能自拔过。但是，所有的这些无疑是宝贵的财富，财富化成身上的气质，化成优雅的举止，化成如沐春风的谈吐，缓缓而来，气度不凡，沁人心脾，像夏日午后的一场雨，酣畅淋漓。

时间里的美人，最在乎的是自己。悦人先悦己，是她们的信条。正是这看似寻常的五个字，让她们拥有不寻常的魔法。展开来的解释就是花心思在自己身上。花在自己身上的心思会变成一种诱惑力，吸引着这个世界上的异性，并让很多女性从拥挤的人流中自觉地让开一条道来。

依赖逻辑生存的男人，很少会懂得，女人是靠挥霍时间买高兴的稀有动物。她们随时愿意赶远路，去吃一碗正宗的麻辣烫，吃五块一串的羊肉串，也会为看一场冰雕，花上几千跑去哈尔滨。

她会为看一眼樱花去青岛，会为一个迪奥纪念版手袋花上一个月的工资，也会为看一场陈奕迅的演唱会，马不停蹄赶往香港。

女人是活在"当下"的动物。她们的性情和天然的意愿表达，构成了这个世界上的大多数可爱，大多数浪漫，大多数善解人意。女人在过程中追寻的却很简单，她需要的只是一种感觉，如飞蛾扑火，不问归期。于她而言，恋爱如此，婚姻亦然。

她活着，是希望她的他给她舒适感，是希望这个世界看着舒服。舒适感是女人的生存乐趣，而且这种要求必须是持久的，你得变着法子让她感觉到这样的状态。不求大变活人，只需偶尔有带点小变化的新鲜感。

为做新发型而在理发店苦等的女人不在少数，为减掉身上的赘肉每天忘我奔跑的也不在少数，为了掩盖眼角的鱼尾纹而坚持不懈地敷面膜的更是平常。女人的疯狂是细腻的疯狂，为了丁点快乐，吹风淋雨，赴汤蹈火。她们用时间为快乐买单。

大学的一位同学，自从去过一次武汉，就爱上了汉正街的红油热干面。在我看来，热干面远不及家乡的索面来得够味，浓汤小菜，一碗面里藏着最人间烟火的味道江湖。她却周五一放学就辗转客车、高铁，非得赶在深更半夜吃上一碗才痛快。

同样不可理解的是，女人总是想鱼和熊掌兼得，喜欢一心多用。这或许是她们的能力，当我观察了多年以后。她们一边躺在床上追剧，一边享受SPA；她没有时间打扫家里的卫生，却要花上两个小时去美甲。男人若是抱怨，她还会顶你一句：女为悦己者容。

的确，她们的打扮穿衣、美容塑身、精致妆容、步履轻盈都是为了给男人看，也是为了和同类比较，她们的虚荣心相比男人更强烈，也更愿意在寻常的日子里折腾。

晒自拍，晒美食，晒娃，晒旅行，晒包包，甚至是看似数落自家老公的言语，其实也是无形的展示。这里面深藏玄机，玄机有暗门，都是时间给了女人味道。

女人的生命在于折腾，打了兴奋剂似的坚持，对工作的极度完美追求，对幸福细节的处处留意，在"自我维修"上的煞费苦心。当然，只有极致的追求才能赢得男人持之以恒、永不厌倦的关注。她们泡在时间的酒里，把自己的魅力释放得淋漓尽致，渐渐地融在酒里，成为一坛女儿红，成为一壶杏花村。

时间酿美人，如一场旅行，经历奇特。这场旅行，是一个巨大的过滤器。每个出行过的人都能够设想旅途中的种种经历，快乐的，纠结的，危险的，遗憾的，恐惧的，这些锻炼了美人的意志力、承受力、感知力和创造力。一旦这些经历被当成磨出来的坚硬的外壳，人生便有了异乡感，而异乡感构成了某种豁达，某种看开，让一个女人的世界被打开，被塑造，被标记。

男人较容易口是心非。他们也在时间里挣扎，一边踮起脚看美人，一边又害怕面对女人会呈现出来的磨磨叽叽和若即若离，堆砌的时间，精致的外围，她像戒不掉的烟，抽了一口还想再抽一口。

女人的这种活法，高明之处就像"动词哲学"，用动词来定义自己的角色，目标明确，活力四射，男人们想着去试探，却不一定能探得明白。

蓬头垢面、不修边幅的女子，省了时间和银子，却少了女人味。尽管她们也在度过每一个当下，每一秒的时间。旁人多半不会说，即使自己感觉活得很热烈，很开心，但终究是没有人揭穿，万一有哪一天被捅破了窗户纸，一个想变美的女子，终究要靠大把的时间来蜕变自我，也要为过去的吊儿郎当买自己的单。你以为的不以为然，时间却早就埋好了伏笔。

打理好外在，修炼好内心，才是美丽的最佳注解。

时间酿酒，也酿世间万物，包括美人。

岁月不曾走

一生中,可以常常来来回回,不生厌的地方不多。这多半指家乡。

我是个喜欢旅行的人。对温岭的印象不一般。

我生在秋天,骨子里有一丝如秋天般敏感的心,这颗心多为文字而跳动。我生于大山长于大山,除了对名山向往期待抵达之外,对海的向往更顺理成章。

去温岭的路有点远。那时候,出发是波澜壮阔的。从乡下坐中巴到县城,从县城坐车去市里,然后等长途车,前后七个多小时,真应验了那句朝发夕至。

那时候,我没有微信。车上收到的是短信。温馨提醒,温馨发问,隔半个小时左右会有一条。我说,放心吧,尽管路远,出过的门还是挺多的。她笑着说,我在客运站等你。抵达时分,天已微黑,灯火阑珊。我看着她干练的短发和不曾改变的眼神,那股纯净和清新,正如我对那座城市的感悟,如海风吹起,心意摇曳。而数小时前的音乐交错,则是代表了我这个异乡人的同乡心。

红酥手

一到温岭，我的心就停靠了下来。这种停靠在肚子发出叫唤时，是没有说服力的。我是乡巴佬，不喜欢往大饭馆去，她便带我去小街小巷。不用坐车，就凭双腿。看沿街的店面，看不同的人，不同的新鲜感受，才是最大的异地体验。她说，你自己看哈，你们那边是山珍，我们这边是海味。

我问，有没有辣点的。她说，你先入乡随俗吧。吃点海鲜。不会让你失望。

在类似大排档的人声鼎沸处，寻一张小方桌落座，店门对着街面，城市的人流味、空气味、饕餮味交杂在一起，是那么熟悉，那么亲切，让我不自觉地庆幸逃离了熟悉的环境，有了放松的理由，无拘无束的暗暗心喜。一阵风吹来，又一阵风吹过，唯有四目相对的瞬间更刻骨铭心，穿过光阴的庸俗。我难以理解，当时的我怎么能那么安静，且从容地坐在昔日同窗的对面。我想，她也有相同的片刻之思吧。在学校里，我们的话并不多，交流也很少，偶尔的赞同或默契，是在班级活动或是校记者团的季度交流上。那是一段段简短的回忆，那些片段在现在看来，仍然是一小段一小段的句子，只是句子发着光，透着暖，串联了山和海的距离。

人世间所有的情绪都离不开物和人。有时候，物连着人。有时候，人连着物。有时候，物人合一。还是上菜吧，肚子饿了。不仅是看官等着急了，连回忆起来也有点拖泥带水了。什么菜呢。两个人不用太浪费，为了地主之谊，好像是五个菜吧，对我来说，被人请，被人等，被人接，已经够面子了。当然，更重要的还是和谁吃，在什么样的环境里。环境我不考究，街边摊烟火味浓，有被拥抱的安全感。吃的人也很不错啊，人很美，脸蛋像是被海风雕琢过,有细沙般的精致,有想握却瞬间逃离的追逐感。

葱烤鲫鱼是第一个菜。这菜我熟。我跟她说,在我们老家除了草鱼,吃得最多的就是鲫鱼了。鲫鱼在小时候跟着我和父亲的记忆,长大了便吃得不多。一条鱼躺在瓷白的长条碟子里,底层是一层油黄,鱼身上有一段缠绕延展的葱丝,中间的凸起处是一朵黄花静卧,我没有问花的名字,只觉得我在陪着花坐在异乡的夜色里,如此便足以醉人。当然,鲫鱼的黑焦色更增添了食欲的占有欲,轻咬一口,肉质细腻,色香味则欣然碰面,打来招牌美食的头一阵。渔家炝白虾是第二道菜。早些年,在湖州和苏州都吃过这道菜。炝白虾以"太湖三白"之一的白虾为主料,用白酒、生抽、葱姜、白糖放在特制的容器炝制而成,属于生食水产菜品,上桌时鲜虾仍活蹦乱跳,清香扑鼻,白虾壳薄,虾肉鲜嫩。我对炝虾谈不上喜欢也谈不上讨厌,只是每次遇见时都会想起那个"一琴一鹤"的廉吏赵抃,在家乡对知遇他的人的感激之情,千里送白虾,养在历史的深幽处,留给后人启迪的佳话。第三道菜是墨鱼干煨菜干。墨鱼干有嚼劲,煨菜干有回忆杀。我弱弱地问道,你怎么知道我喜欢吃这个菜的?她说,有一次学校采风活动,你专门跑到饭店的后厨,看了菜单,说要辣一点,最好是浙西的烧法。我笑而不语。心里却在想着,女人的记性可真好啊。所有好的坏的她都会给你记着,记在大脑这个巨大的日记本里,画上线,标上符号,伺机作为礼物送给对应的人。

第四道菜上来时,她的手机响了。我听到磁性的男声,她脸上的表情有点起伏,但声音里依然柔情似水。我突然感觉有点不自在,类似于在大庭广众之下向人表白遭到拒绝的状态。她马上觉察了我的异样,借口挂了电话,把目光和身子收了回来。这道菜是嵌糕。它的来路和家乡被称为"气糕"的那道小吃有相似之处,只不过一个在农历十月十五,一个在农历七月十五。这里的可以加菜,家乡的直接把菜撒在米糕上,融入其中。嵌糕在我嘴里,我用它堵住我彼时的情绪,试图让席上的时间通达人去楼空、人烟稀少的远方。可是,时间过得还是从容不迫,自带节奏。就像对面的她,明明知道我的尴尬,却还若无其事。若干年后的我想起来,那应该算得上是一个女人的魅力。

她看着我,眼是海。我不记得是哪位作家说过,只有女人的眼睛才是海。海能把冒险的男人淹死,眼波也能。与美女同席的乐趣就在这里:听惊涛拍岸,看孤帆远影碧空尽。

可天涯就在咫尺。我心里像一个气球瘪了下来,可肚子好像还没吃饱。我问,最后一道菜是什么。她说,最后一道菜最好来点醋,蘸着吃。我已经看到你眼里的醋了。我说,有吗?她说,当然啦。其实这是我的一个老同学,不是你想的那样。我一听,霎时提了精神,一个魔鬼逃走了,一个天使又来了。我说,还等什么呢,快催下服务员。这是一碗海鲜面吧,圆盘里呈现香甜的诱惑。我顺势拿起碗头,用公筷挑了一碗。接着,拿来她的碗,将此前的残渣刮落到餐纸上,装上几筷子面。我知道她的胃口很小,食欲和她的樱桃小嘴一样精致。合上时,是一个世界。微张时,是另一个世界。那顿饭,我们吃了很久。这是骨子里不多的愿意承认以"我们"二字的串联。串联异乡,串联他乡美食,串联当时的当时,当时的色香味,色香味里的意犹未尽。

时光从来不会等一个人。随着年龄的增长,在中年的路上越走越结实。偶然会翻看她的朋友圈,偶然会在同学群里看到那些年的痕迹,不经意地提起,却已是天各一方,相见不如怀念。

只是,指尖上的传递会透过眼眸。不管你去或不去,不管心在路上,还是人在路上,温岭对我来说,就像家乡的土话"味蕾"一样,呼应之后,便深植脑海。

岁月不曾走,我们永远不想老。

丙卷 爱别离

花朵在某条细绳上荡秋千
这是一朵怎样的花
没人看得清
就像梦里的呢喃
水草在心里荒芜
有人捡起岁月的玻璃瓶
浩荡的夜
装满了人间若即若离的
繁华明媚
今生情话

分手要体面

看《前任3》,以不同的方式,在不同的时间、不同的场合看了三遍,感触颇深,如同对光阴模棱两可的感慨。

有很多想法,真切地觉得是一部好电影,折射的东西很多。是爱情,也是生活,是每一个人的投影。

也许每段感情都有不同的诞生方式,开头可以随意一点,自然一点,但分手了,就应该体面一点,有仪式感,才对得起这段感情。

有人会说,分手就分手了啊,为什么要搞得那么讲究?一段感情中,开始往往是随意的,不刻意的,但到了分道扬镳的时候,反而得郑重一点,讲点仪式感。

因为分手了,以后见面的可能性就小了。最好不相见,因为太遗憾。有些分手前的再见,最会都成了再也不见。不见是好事,最起码没有损坏自己的回忆。你和他的过往,若不花点记忆的片段和心思,以后便会消失在时间的洪流里,一去不返,唏嘘不已。就像《前任3》那样:东西还得了,回忆还不了。

电影中的孟云和林佳在爱到情浓时，就有这样的对白。

林佳：你不要我了怎么办？

孟云：那我就像至尊宝一样去最繁华的街道喊一百遍"林佳我爱你"。

孟云：那你不要我了怎么办？

林佳：那我就吃杧果，吃到死为止。

仿佛是为了日后的铺垫，他们的爱情走着走着就散了。音乐中，也隐隐约约预示着以后的渐行渐远。他们的离开，在导演的设定里，有误会，有阴差阳错，也有因为双方认为的想当然，更有爱得不够勇敢，不想问个明白的深思。以为她不会走，以为他会挽留。两个固执又沉默的人一步步在等待和回应之间，让感情走向了终点。

在走向末端的爱情中，有这样的一段。当马狗告诉男主孟云，看到嫂子在门口的台阶坐着一个人在哭泣时，他坚定地冲了出去，却看到林佳的老同学王鑫小心地扶护着她上车。造物弄人，情感的遗憾由误会产生。你看到的也许不是真实的，你听到的也不是真实的，你想的也不一定是对方所想的。可是我们偏偏坚信自己听到的、看到的、想到的就是真理，固执且自信，阻挡了外界的一切进谏。

你只在意我旅游的全身照是不是别人拍的，却注意不到我胸前的海豚项链。你只是看到别人的车子把我接走，却看不到我像个精神病一样去 KTV 苦苦找你。你只知道门口的那一双鞋子，却不知道我生命垂危的时候是怎么度过的。

我在找我的软肋，一路上却没有盔甲保护。我缺少一种安全感。

就像林佳，当换季的时候，她总会发烧，以前总有孟云的陪伴和备好的药，可是当他放不下执念，迈不开大腿，赶不到面前，自然给了老同学王鑫暖心的机会。

就像林佳，看到王鑫的眼神，她便再也无法坚定，回到家后，借酒浇愁，与王鑫对饮，并在最后拉着他的手，热吻。

电影里有一句台词，透彻心扉：今天那个女孩出现的时候，你知道我看到了什么？那种无所畏惧的眼神，多么熟悉，那就是我，刚认识孟云时的我，那种对自己喜欢的人欣赏、坚定和自信。

孟云在最后，只得头戴金箍，扮成至尊宝的模样，成了广场上众目睽睽的孙悟空，凄惨又惹人怜爱，在最繁华的广场，一遍又一遍，声嘶力竭地喊：“林佳我爱你。”

我们都希望这是一种最浪漫的挽留，其中的画外音却让人唏嘘。林佳也倒腾出一箱杧果，拼命地吃，直到不省人事。这是他们的分手仪式，随着画面的收缩，看得善男信女心有千千结。这看似无声无息的分手，却导致很多局外人静下来，收起来，记下来。

张小娴说过，最悲哀的一种分手，不是双方轰轰烈烈地吵一场，不是大打出手，不是一方移情别恋，也不是大家不能结合，最悲哀的分手是无声无息地分手。

无声无息就是暂且忘记。把能忘的东西忘到不能再忘。

借用一下禅宗的概念。禅宗里有两个很重要的人物，慧能和神秀，分别是南宗和北宗的创始人。有一个流传很广的故事，神秀作偈："身是菩提树，心如明镜台。时时勤拂拭，勿使惹尘埃。"慧能也写了一首："菩提本无树，明镜亦非台。本来无一物，何处惹尘埃。"这到底是无念和离念。再轰轰烈烈的男女,离开了这两个词,都不能称之为有情,有爱。

曾经以为会和他白头到老。曾经以为是她的最坚实的臂膀。曾经以为那些经历的过去会变成一道道符、一道道咒,钻进对方的心、对方的血液里,时时驾驭着对方的身体和精神,呼风唤雨,可控可感。你和她,各有人生的一条路要走,今天到此为止,以后各凭命运的眷顾。得到与得不到,其实本无所谓有无,羡慕是"这山望着那山高"的心心念,失去是"此情无计可消除,才下眉头,却上心头"的片联式的错觉。

原来,这世上让人遗憾的不是人生,却多半是感情。所有的感情以爱情为主线,在生命的不同时段敲打你的神经,告诉你:既然分开了,还是要体面一点。要有一点仪式感。仪式感是给对方面子,是为了不能忘却的纪念。主角是她,司仪是他。

分手那么残忍,由她来说吧。她忍受不了,分手不是由她提出的。即使她知道自己也有不好的地方,比如把他逼到了墙角,逼着他点燃了炸药,将一段感情的木桥炸得灰飞烟灭。

她在悔恨里告诉自己,一定是我们有缘无分。而体面的仪式就是一场预演的生死恋,仿佛有了这一段记忆,我们的爱会成为梦里那个最美的期待,无瑕无疵,永垂不朽,鲜活如昨。

离开的意义不光只有离开。

紫霞离开至尊宝后,至尊宝才能成为真正的孙悟空。

喜之浅，爱之深

喜欢和爱，是不同的。

最本质的区别在程度上。就像一潭水，有深有浅。喜欢是不会游泳的人在浅处嬉水，脚尖挑起浪花朵朵。爱是喜欢水的人进入水的心里，想知道它心情的起伏，就如水位随着四季的高低。

每个人对喜欢和爱都有不同的理解。每段感情开始时，都有自我认定的轰轰烈烈，可是当遇上现实的诸多挑战，很多人会止步于对方的真面目。由此可见，这样的心意只能算喜欢。

喜欢是没有约束，多半以开心为主题，两个人牵着手就像旅游，像风走了八千里，不问归期，也不用问归期。

而爱，多半是痛苦的。你会在意对方的情绪，纠结过程的长短，以及对你们的以后陷入沉思，不能自拔。

喜浅，喜欢是浅浅的。爱深，爱恋是深深的。喜欢像一个少女，十里春风，想让全世界都知道她和他的爱，愿意在人群中自然分享那份甜蜜，大大方方，不想停歇。爱恋像一个少妇，思春万里，想着不露声色地让对方恋着，爱着，牵着，绊着，容不下一点不悦和眼神的逃离。

爱的深意，是自私的深意，看不透、放不下、想不开的深意。你希望你是他的全世界。他希望你是他唯一值得展示的收藏品。

年少时的喜欢，有点害羞。记忆中的小纸条、小笔记本、小抬头，都生怕被往事冲撞，掉在众人眼前。可是又想摊开，摊开一张欢喜的纸，让喜欢的人看见。那些若即若离、忽明忽暗的句子，承载了光阴里的无限柔情，让自己很多年后回头都觉得不可思议。

年龄稍长，有了对喜欢的忽视，对爱的渴求。渴求源于芸芸众生，在世相里求一本真经，喜欢和爱也有了哲学的意味。意味是有无相生，难易相成，长短相较，高下相倾，音声相和，前后相随。爱的形态却展现其复杂的一面，和众人无异，和往事无违。有纠结，有怀疑，有哀叹，也有无可奈何。

记得那一次的分离，在车站，在月台。我知道那样的场景不会多，但记忆肯定值得存档。

盛夏的果实挂满枝头，蝉鸣为看似短暂的一场分开奏响离歌。我想着和她继续在夏天聚在一起，让热意不再袭扰尚且年轻的心。四目相对，欲言又止。知晓这样的况味，但转身离去无可避免。后来的后来，也曾想起过当时的如果，可是如果终究没有发生，成了绕不开的遗憾。在遗憾里，喜欢不再是喜欢，爱却成了痛彻心扉的爱。自那时候起，备感认同的是每一个人仿佛都是一团迷雾。每一个人都将自己隐藏在他人无法穿透的迷雾中，而每团迷雾中也只有一个人。偶尔，某团迷雾传出一些模糊的讯号，懂得的人借着这些讯号互相摸索。

一百个人，有一百种关于情感的观点。喜欢和爱都在里面，是两大水系。爱，源于喜欢。因为喜欢，才有爱情，它的徒子徒孙是亲情。爱，是喜欢的升级版，偶尔的适应障碍，间歇的瘙痒，终究抵不过流年。因喜生爱，为爱痴狂，如飞蛾扑火，蝴蝶越沧海。

女人会把喜欢和爱分得很清。她们会容易喜欢一个人，这种喜欢是暂时的，只为映衬当时的心境。一句话，一个举动，一场相逢，都会升腾起一种喜欢。她们很难爱上一个人，心里装着陈年的酒，即使有新艳的瓶子，也塞不进若有若无的蠢蠢欲动。一扇门遮掩着，门里的人看着外面熙熙攘攘的人群，一颗猫眼时时闪动，像催命判官也像立地太岁，更是那飘忽不定的入云龙，潇洒得无法想象。

喜欢看星新一的小说，在《恋爱世界》里，他对丘比特的箭进行了不一样的阐释与想象。

葡萄藤对着樱花低语，金鱼和鸽子并肩说着话。葡萄藤想拥抱樱花，樱花也想拥抱葡萄藤。

上帝清除了丘比特体内的致幻剂，丘比特的梦消失了，一场骚乱平息。鸽子回到天空，葡萄藤回到原来的架子上。一切像白日梦回归到现实，但是那个扔掉致幻剂的女孩儿的爱情没有改变，因为丘比特还没进入梦乡。

尘世中的男女，冥冥之中都被丘比特掌控着，期待有很多的箭，射出很多的箭，让葡萄藤肆意生长，让樱花永不凋落，无限循环，生生不息。

人群中的他，总是放不下的心事。你和他经历的一切，让你在看过了太多的脸庞之后还会想起他，有时候是每天一睁眼就期盼，有时候是人群里张扬的自信，淡淡的忧郁，浅浅的坏。

爱情，有时候会高到云端，也会低至尘埃。没有伤害，没有波澜，或许就不能称之为爱。

爱是喜欢的升级版，它不容易后悔，不容易被常规的情绪左右，也因为不容易后悔，所以连自虐也甘之如饴。

因为喜欢你，所以想和你一起浪费时间。因为喜欢你，所以欣喜于在一起时我们的样子。不必去追求漫无边际的遥远，也不用在乎形形色色的闲言碎语。天色忽已晚，闲人不愿归。

因为爱你，所以只想在短暂的光影里，再多留下一点关于对方的痕迹。哪怕爱而不得，哪怕只是远远地望，卑微地恋。

也许，所有的爱里都藏着喜欢。而所有的喜欢，都会在时间里慢慢熬成爱。

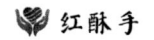

时光里的爱

男人看女人，女人看男人，大不同。尽管，世界大同。近来，在读冰心的文字。她崇尚"爱的哲学"。《关于女人》一文里，她以女性的视角对男人提出了诸多的疑问和要求。

我以为男子要谈条件，第一件事就得问问自己是否也具有那些条件。比如我们要求对方"容貌美丽"，就得先去照照镜子，看看自己是不是一个漂亮的男子。我们要求对方"性情温柔"，就得反躬自省，自己是否是一个绝不暴躁而又讲理的人。过了一会儿，她又说："家长里短的事，女人不管，谁来管哪？她一忙就累，一累也就有气，满心只想望着你中午或晚上回来，凡事有你商量，有你安慰。倘若你回来了，看见她的愁眉，看见她的黑眼圈，你说一两句安慰的话，她也许就把旧恨新愁，全付之汪洋大海，否则她只有在你的面前或背后，掉下一两滴可怜无告的眼泪。"

思索之余，又在同一本书的数十页后看到了《关于男人》。这回的她，以女人对于男人的眼光，把男人的回忆勾了起来。她写祖父，父亲，老伴，表达的意思大抵是一个核心：我觉得我这一辈子接触过的可敬可爱的男人的数目,远远在可敬可爱的女人们之上。对于这些人物的回忆,往往引起我含泪的微笑。

这些是冰心的时光,看似冰封的心,藏着的是生活的热情,爱里的沸点。我对于爱情,倒没有那么乐观。最大的感觉是,再好的爱情,都会消逝在时间里,爱里没有赢家,再伟大的感情也会败给时间。时间才是永远的胜利者。

二十几岁的女子,在一家公司里,喜欢上部门上司。但彼时,她已经有了男朋友,感情稳定又浓烈。她喜欢上司的样貌,却在意他对她的好。可内心在乎和上司一起的感受,如沐春风,有眼神的确认和言语的肯定。她有困难时,他主动帮她。他还说,他只会帮她,不会帮其他人。她觉得他有点喜欢她。可是,她不想放弃现在的男友。她盼望着穿上嫁衣,当新娘的日子快点到来。可是,她看不到上司时,便会想着他。多纠结啊。男人最不喜欢女人在他面前提别的男人。她的这种心思只能对女人说了,自己的男友显然是第一排除在外的选项。

三十几岁的女子,对自己的魅力是自信的。她们以为,自己是作家笔下最有魅力的女人:少妇。像中了蛊毒,不容易解。一些若有若无的眼神,有可能都会化作小鹿乱撞。好像一个待字闺中的少女,上门提亲的,暗送秋波的男子多了,难免心生荡漾,暗暗欢喜。结果怎样已不重要,过程中享受就好了。反正,最后的王牌自己一直捏着,接受或拒绝都在自己的手掌之中。高兴了,给个接触的机会。没感觉了,拖着吊着也可以,偶尔给对方一种感觉,让他偶尔觉得是一种回应。

四十几岁的女子,有钱,有闲。她们对世上的男人,心中有了

红酥手

画像。偶尔会在夜深人静的时候想起那些年的怦然心动，拉起被子，安放一段往昔的暖情冷意，她知道，世上最遥远的距离，是相爱的距离。可是，时光荏苒，滚滚不停，在这可上可下、心如止水的当下，期待的也是一种"一石激起千层浪"的变化，她有时间去理性地处理一段感情，也能接受一段精神上的珠联璧合。这比红颜蓝颜更超脱一点，比男欢女爱又更高尚一些，唯有曲中人才能解其意。

抛开年龄的楚河汉界，恋爱分手，婚姻解体，无疑都败给了时间。可是也有认识论上的例外。"香港四大才子"之一的蔡澜说，要忘记一个男人，是最容易的事，身边的猫猫狗狗，随便爱一个，就可以忘记他。忘不了，是因为不想忘。你不想忘，神仙也救不了你。可我不禁要问，对待身边的猫猫狗狗所花的时间，无疑也是时间。花了他处的时间才稀释了关于情与爱的时间。

有人说，男女一辈子恋爱的次数通常不超过五指，基本赞同。那些不同年龄段相恋的情，在当时多是局中人，已惘然。待岁月往前走，有外物刺激提醒，你会发现所有的种种你已没有那份心去讨好，懒得耐下心去收拾。稍微一想，就有恨意。

以为她会不容易忘记，却不曾想到她在那么短的时间里又投了新欢。

你不爱一个人，另一个却走在爱的路上。

你判断不了爱的对错，就像你恍惚时间发生的所谓的那些关于生命的意义。蝴蝶飞不过沧海，轰轰烈烈的爱多发生在年少轻狂时。爱情终于在时间里变老，不管你愿不愿意接受。所有的痛恨，所有的咬牙切齿，旁人看来，只不过是蜻蜓点水。

丙卷　爱别离

　　谁没有过去，谁没有在心里雕刻过爱情的模样。风一样的男子，谜一样的女人，都是爱情的毒药。人间烟火，终究淡化了心底的波澜壮阔，千军万马。你收起案头的账本，放下手中的笔，一声叹息。你也赞同一生有多长，寂寞就有多长。

　　我们都是为爱而生，只是这爱的主题包含了太多的你侬我侬。英国一项研究，访问了四千个男女，各自列出异性二十种最不可抗拒的魅力，结果是女的认为男性的微笑最厉害；而男的认为，女性的身材是最难招架的。我却在想，最好给我大把的时间，去健身，去成长，去赚钱，这样我才有可能变成一个极具魅力的男子，而这样的魅力便是长盛不衰的撒手锏。可是，我没有掌握时间的特权，时间穿心而过，毫不留情。

　　时光变老，站在人生的尽头，才明白，爱的味道是自己的味道。

红酥手

爱回忆

不知你是否觉得,我们越来越爱回忆了。听周华健的歌《一起吃苦的幸福》,里面有句歌词让人心为之一震:"我们越来越爱回忆了,是不是因为不敢期待未来呢?"只一句,就勾起了遥远的遐思。

的的确确,确确实实,实实在在的是我们都已经变老了。前些天,去看一个老友,警觉不过半年未见,憔悴了不少,满脸倦怠,黯然神伤。不由得把时光往前面拉。回忆儿时的无忧无虑,玩个泥巴也能乐半天;回忆故乡的袅袅炊烟,满满的都是人间烟火味;回忆上山采野蘑菇、下河抓螃蟹的惊喜;回忆掐着手指头等待过年的日子;回忆青葱岁月里似有似无的朦胧之爱。也许,时光机器最伟大的记忆便是让我们过滤掉过往的不快,而记住那些简单而又快乐的光阴。

生有涯,爱无边。我们所有人活着无非是因为爱,简单地活着,复杂地活着,都是为了实现短暂而又虚幻的人生。

在简陋的课桌上刻心仪女孩的名字,在教室里看着她来回无数次的身影,四处打听她的爱好,在纸上写满她喜欢的歌、熟悉的乐队……

也许和男孩子一样，每个女孩子都在学生时代喜欢过风一样的男生或是如父亲般慈祥的老师吧，温文尔雅，在课堂上意气风发，或是在球场上神采飞扬。那个词叫帅，也叫酷，更是相见时的欢喜和羞涩。

长大以后，青涩不再有，但抹不去的还是对回忆的难舍难分。你爱上一个人，或许仅仅因为他跟你的前男友很像，或是因为他让你不再害怕未来，甚至常常可以沉浸在回忆里。回忆比现实浪漫多了，就像桃花源，就像梦，渴望的、未曾有过的都可以拥有。

回忆里的味道值得回味。像巧克力蛋糕，像蓝印花布，像糖炒栗子，像卡布奇诺，像温暖又忧郁的眼神，让你又心疼又心动。回忆是一个出口，把一颗心放在另一个无人知晓的洞穴里，像典藏的宝物，密码在心中。

我们越来越爱回忆了。随着岁月的流逝和世界的千变万化，我们再也经不起折腾了。一颗心慢慢在俗世里变得平静、庸俗和胆怯。

我们在爱里不敢素颜以对，有些话不敢想说就说，因为怕对方生气后惹来的争吵，因为我们厌倦了争吵，害怕张开嘴巴，我们常常独自品尝生活的忧伤，而不想与人分担，有人聆听。

我们不想把工作中的快乐和不快乐告诉对方，因为随着在一起的时间变长，少了彼此间对一起吃苦的幸福的回味。

我们的回忆在电视里，在手机里，在看似堆满了朋友的朋友圈里。我们在朋友圈里发现自己身边的人不够好，不够浪漫，不够温存，甚至连在枕头前枕个手臂睡个觉也成了奢侈，心里想着不花钱的也难以做到。偶像剧里的你侬我侬，勾起的是象牙塔里的浪漫。知青生活的朴实，勾起的是对曾经木讷的另一半的念想。武侠剧里的侠骨柔情，是对潇洒飘逸的男神的可望而不可即的艳羡。

手机里的旅行，手机里的美食，手机里的化妆品，手机里的情话，都是在这个快餐时代我们转瞬即逝却又刹那间触动心扉的遗憾与对比。

我们累了，倦了，困了，每天各自都怀着自己的心事，各自为柴米油盐奔波，我们觉得为这个家在努力付出，我们认为这就是最平淡又伟大的爱。

可是，我们再也不容易感动。以前很容易的一种感情触动方式，如今成了奢侈。温暖的情话找"度娘"能搜出一大堆，对方想要的自己动动手指都会有，在看似越来越繁华的世界里，我们的世界变得越来越小。说不出的话可以发微信，送不出的礼物可以用红包，不想打的电话可以拿来视频，连恭维都可以在回复对方的文字里变得一本正经，认认真真，却难以面对对方的那张日渐苍老的脸和不再有神的眼睛。

我们都觉得日子就这样过吧，没觉得有什么不好。

一辈子也就这样吧，反正我也不想找其他人，她也不会离开我，他也不会嫌弃我，于是很多我们原本以为念念不忘的深情，就在我们念念不忘的回忆里渐行渐远渐无声。以前的事，即使有烦恼无助，至少有一起吃苦的幸福。现在的事，能忘了就忘了，除非和自己的爱恨太交织，太紧密。绕不开，只能先套上。

我们就这样在自以为是、自我满足、自得其乐的行走中走向生命的另一头。那些回忆，终究成了回忆。那些过往，终究成了偶尔的感动。

回忆也有好处，那就是让我们以为自己还停留在过去。毕竟，能让你愿意回忆的人自然是你不愿意忘记的人。因为刻骨铭心，所以不舍忘记。因为不想忘记，所以总爱回忆。你有时会天真地想，他是不是也在回忆我？关于我们的点点滴滴，是否他还记得？如果没有当时的遇见，我们的回忆是否能对应另外的我们。

李碧华说，每个男人都希望他生命中有两个女人，白蛇和青蛇。同期的，相间的，点缀他荒芜的命运。在镜子里，两个妖精，一个沉迷生活，一个潇洒通透。但凡能成为妖精的，才是男人对女人的最高褒奖。中了邪，上了紧箍咒，不慌不忙画地为牢，心甘情愿，不觉深陷。

回忆，并不只是为了回忆，而是时时刻刻让自己抽自己一个巴掌，提醒自己过得更好，更有爱的能力。

在爱的世界里，你是你自己的国王。

红酥手

两情久长时

两情若是久长时，你肯定要加上那半句：又岂在朝朝暮暮。

朝朝暮暮有优势，是时间的优势。

尤其对女人来说，再伟大的爱情无非是一想到他，他就能出现。

朝朝暮暮能抵过山盟海誓，这句话的另一种表达就是：陪伴是最长情的告白。

年轻貌美的女子对意中人的颜值是有考量的。所谓高大英俊，仿佛高大是支撑英俊的重要条件。对这事，我也琢磨过。确实，一个人的身高会体现他的某种状态，身材矮小的人在气势上难免低人一等，除非他有很大的气场。但年轻貌美的女子也很大方，她们不会一棍子把男人打死，有的身高稍逊但颜值还不错的，也列入考察名单。更大的吸引，还是在时间里。你的整体印象会在她的脑海里形成某种感觉，决定是否接受和你交往。

爱情最大的难度是经不起时间的折磨，耐不住距离的相思，于是只能悄悄地退场。多少对俊男靓女因两地分隔，爱由浓转淡，中间又节外生枝，于是分道扬镳，直至退隐江湖，再也不必相见。

梳洗罢，独倚望江楼。女子的心思是"临行密密缝，意恐迟迟归"的手上绣花针，她往头发上划几下，就有了新的柔情蜜意，浮想联翩。她必然知道，沉舟侧畔是千帆，但未必已过。她也必然知道，病树前头是春天，但不一定照亮每一棵在地上野蛮生长的草。

爱情间的距离，总不能太远，也不能太近。太远的存在感多为异地恋，太近的压迫感多为臆想症。能彼此想着就能不麻烦而抵达的距离，才是最合适的距离。这段距离，你可以拿捏和制造浪漫。像风筝，风来了可以放得长一些，风没来，你得自己先跑起来。先跑起来的距离，就是自己生成的风。

两情久长，是两个身处其中的人对成熟的修炼。据说成熟有十个瞬间：

1. 低落的时候，选择一个人待着；
2. 可以让你开心的人和事越来越少了；
3. 没结果的事，渐渐少做了；
4. 喜欢看新闻，多于看八卦；
5. 打电话给朋友的次数越来越少；
6. 喜欢吃家常便饭多于外面的餐馆；
7. 喜欢隐身，网络签名长时间不换；
8. 早上无论多困，也会马上起床；
9. 开始明白家和父母的重要性；
10. 再也不谈异地恋。

红酥手

异地恋是个什么东西？接触过的善男信女并不少。发生的场景也多半在校园里。因为成功的概率不高，愿意尝试的人实则勇气可嘉。

见证过朋友 F 先生和 H 小姐的异地恋。两人在一个同乡会上认识，算是一见钟情。但距离在爱之初没有副作用。不常见面，常有念想，反而有小别胜新欢的澎湃激情。煲电话粥，打得移动公司都佩服；接吻，吻得雾霾都不敢靠近；秀恩爱，抹杀不少环卫工的"扫帚功"。这样的风云，被天空羡慕过，它刷出了天空的存在感，而不是当成电灯泡，月亮也见证了那些因一念而起的幸福。

三个月，不长不短，了解了对方的现在和过去，很自然地牵手。一个在南方，一个在北方，一月见一次，翻山越岭，浪漫之旅。

头一年，彼此都能忍受距离带来的思念，并在心底回味每一次的见面。但毕业后，一个考研，一个忙着找新工作。各自有了各自的心事，对于感情有了本能的抵触情绪。毕竟，人活于世，爱情不是生活的全部，尽管生活需要爱情。可爱情的定义，在过程中亦随着心绪而变化。

她不再是有时间、一门心思投入爱情的青春美少女。他却仍然是三点一线苦苦熬夜、追求梦想的单纯"眼镜男"。一方的变化必然引起另一方的不适，陪伴减少，问候渐短，距离疏远，见面不奢求，无形分两端。

意想不到的感情飘飘然就走到了尽头。爱情，有时候不是你想坚持就坚持的，它有它的寿命，到了期限，总会死亡，和人生的轨迹一样，带着唏嘘。

分开很平静，在寻常的某一日。双方只是把各种社交软件拉黑，虽然夜深人静心有不甘，却总觉得像极了一场梦，彼此爱过伤害过，庆幸还是安静地离开，互道珍重。他和她在分手后的很长一段时间，喝酒、失眠、痛哭、茫然、自暴自弃，最后红着眼抿开嘴，接受了一个人重新出发的事实。接受是一个苦痛的词，多年之后，它会在心底长出花来，插入往事的花瓶里，煞是好看，活灵活现。

　　像所有的异地恋一样，他们遇见，上车，同行，下车，祝福。后来的后来，他们只是想出发时，能遇到一个不同于过去的爱情。谁都渴望惊喜，却都不想陷入一眼望得到底的爱情魔咒。在午夜梦回，她和他一定会想，异地恋是什么？思来想去，没有答案。不是月亮惹的祸，就是时间摆的局。她和他找到了台阶，这样下坡时显得不那么狼狈。

　　它可以是你的手机宠物，用你自恋的方式玩着爱情游戏，时间久了，难免厌倦，想到换掉。它也可以是炼丹炉，信任、猜忌、孤独、执着，都一一考量历练。熬过了，便是新生。涅槃了，便是火眼金睛。

　　人生并不长，所以才有人生苦短的腔调论断。

　　时间的无奈，如那些诗句所描述的那样惊心动魄：我们握着自己唯一的生命，想着应该把它掷向哪里，就像是贫困的赌徒。我们寻找，我们犹豫，在这过程中，我们的金币已经变小了。

　　其实，值得做的事情并没有那么多，然而人们常常掷出自己，换得一些赝品，换得泡沫。

　　每一个在爱里的人们，都曾以为时间是永恒的，可以修复过往

红酥手

的那些伤痕和遗憾，也总是相信它会让你遇见一个对的人。

到了最后，只能自我安慰，时过境迁，遇不到也不用介意。

生命匆匆。当你老了，爱在你的心里便没了年少时的分量。

丙卷　爱别离

等　待

美好的事物都需要等。

边等边待，等着，待着，才可能有好结果。可是等和待的过程是虚拟的，等待是最美妙而又最痛苦的煎熬。

我们都有等人的经历。在爱中的等待，更值得玩味。爱情是一场虚幻，一簇浮华，太认真了，终究伤害了自己。你和他说好，在某某地方约会。你已经到了，可他还没出现。你左顾右盼，来往的人群中没有熟悉的身影，你是落寞的，连眼神也透着无奈，像泄了气的皮球。好不容易，他来了。他跟你解释，你不想听。好在还有说好的议程，需要两个人一起去兑现，冲销了前面的遗憾。你告诉他，下次不可以这样了。哪有女孩子等待男孩子的。你得早点到，我迟到是可以原谅的。

也许，在男人心里，等女孩子也是一件苦差事。男人大多理性，在感情中虽然想感性，但总难免出错。因为心慌，更容易出错。

她的心思时时在变，甚至刻刻在变。有时候出于生气，有时候出于试探，不用点心思，没有点恋爱的功底和敏锐的嗅觉，怎么体会那如风吹过棉絮的细微变化。女人的感觉与对外呈现无踪无影，是变化无常的空。空字里面含着满，含着期待，含着考验。

等待是我们和时间之间的一场博弈，我们凭借着智慧和耐力，与未来做一个交换。

我想，这句话也同样适用于爱情。因为，爱情中的等待与被爱占比更多，充斥了生活中有起伏的瞬间和未来。

从前车马很慢，一生只爱一个人。所以，连等待也有了海枯石烂的憧憬。

云中谁寄锦书来，所谓的爱情，是烦恼，也是福气。等待一封信，有温暖的传递。旧时的爱情，盼他的信，兴奋得彻夜难眠。她知道，她比他更快乐，因为写情书的最大快乐不在于写，而在于等待对方的回信。纵然隔了山长水远，可是心中念一程近一程，兴奋无以言表。读对方来信，见字如面，每一个字都透着对方的气息，气息在想象中身临其境，忽隐忽现，若即若离。这是似远实近的折磨，也是层层叠叠的享受。

如今，写信和寄信已非常难得。谁能静坐提笔，谁能花如此多的心思，可见爱得不一般。若非他非当世人？可非当世人，又怎陷入当世情？文字毕竟是长情的信物，一旦给出去了，对方多半会是珍藏一辈子的。当然，每一个女子都有过这样的疑问：他是否真的爱我？愈想愈解不开。好像一个死结，越打越紧。西方人则比较直接，给出了解决的参考方案。就是拿一朵白色菊花，把它的花瓣一瓣一瓣撕掉。第一瓣说，他爱我。第二瓣说，他不爱我。以此类推，到最后一瓣，定是他爱我的。因为，即使有剩下否定的一瓣，你也会给自己一个台阶，说是自己算错了，再弄一朵花撕之。

人总是这样自欺欺人。等待也有这样的矛盾。有时候，它本无意义，全靠思想给它灌了迷魂汤，让它包了浆，有了升值空间，趋之若鹜，赴汤蹈火，在所不辞。因为，等待有一颗诗人的心。它是最漫长而又最短暂的坚守，是最浪漫而又最朴实的承诺，是最安静而又最喧杂的抉择，也是一叠永不过期的"胭脂扣"。

"十二少，3877，老地方等你，如花。"这一帖夹在报纸中缝的寻人启事，却引出了一段长达半个多世纪的阴阳相守。影片《胭脂扣》脱胎于李碧华的小说，看到的是最具古典情怀的等待，并在如花的身上得到最无情的放大。最后那句"谢谢"与"相还"，即使心酸亦不再有任何期盼，决绝地不回头。

等待，是一首为有心人而作的歌曲。"只有在夜深，我和你才能敞开灵魂，去释放天真……"每至月圆之夜为她唱起，却用等待来祈祷与他相拥。《夜半歌声》演绎了一种相思，两处闲愁。

等待，是《半生缘》中顾曼桢的深情告白：我要你知道，这个世界上有一个人会永远等你，无论什么时候，什么地方，反正你知道有这样一个人。寥寥数语，道出了如烟花般女子的辛苦执着。

等待，说到底就是一道选项颇多的选择题。你很难答对。因为你懂不了那么多，出题的人又太聪明。我们会犹豫，怀疑，甚至放弃曾为之等待的事物，却在现实的面前黯然低头。在拿起笔来做排除法时，已经把最佳的答案排除在外了，于是剩下的就是啼笑皆非的乱世因缘。

都说时间不等人，可是爱情也不会等人。不管你是否承认，它常常出没于年轻气盛、血气方刚、笑靥如花的年龄。那时候时间很年轻，相爱的人也没那么计较。痛苦并不是真的痛苦，缠绕却是分分秒秒的缠绕，天各一方时，过去这一生中在最好的季节发生的最美的故事，从此告了结束。从此宇宙中有补不尽的缺憾，心灵上有填不满的空虚。大街上，在若干年之后传来那首《爱就爱了》：死了心，也能全部都归零，当作什么都没发生，你是你，他是他，何必说狠话，何必要挣扎，别再计算代价，爱就爱了。

人生最大的痛苦是没有让你等待的东西，不是所有的人都追求过真挚的爱情。它像一块天空的巨幕，装下了生活，装下了爱情，装下了所有的已知和未知。即使很怕，也得面对，就像死刑犯，赴一场刽子手的手起刀落，归去来兮。

只是，于爱情而言，与其盲目等着不如看清等待的方向，活好当下，全力以赴。得之，我幸。失之，我命。得之，泰然。失之，凛然。

等待与再等待之间，许是人生的真正况味吧。

丙卷　爱别离

情如丝

偶见街角飘过一缕丝巾，一如伊人的清新可人。我想，无论是男人还是女人，都该有一条属于自己的丝巾，纵使男女有别，风情自在其中。

男人不好意思拥有，丝巾也一样，领结似乎更符合他们的气质，更对应社会面的评价。对于丝巾，最有发言权的非女性莫属。天上人间，似咫尺之遥，又看似千山万重。丝缕之间，尺寸之方，随意的缠绕，轻柔的呼唤，将天人合一。奥黛丽·赫本说："当我戴上丝巾的时候，我从没有那样明确地感受到我是一个女人，美丽的女人。"因此当她站在罗马大教堂高高的台阶上，将一条小丝绸手帕在颈间随手一系之际，万道阳光都在为她翩翩起舞，整个世界都成了春天。

情当如丝。丝巾的丝，丝滑的丝。丝巾的祖宗是"布巾"，始于北欧等地，初为御寒之用，后转为装饰功能为主，经岁月的变迁，丝巾已成为颈间的"彩虹"，寄予了无限的情丝，或幽怨，或婉转，或甜蜜，或绵柔，不一而足。丝巾，薄如蝉翼，形若流云，舞动于颈项,犹如踮着脚的舞者,旋转、跳跃,让人沉醉痴狂。

犹如来自地中海温暖的海风,《荷马史诗》里有一段对维纳斯的描写:她身上经常缠着一条上面绣得奇奇怪怪的带子,里面包藏了她的全套魔术,有爱和情欲,以及要把一个聪明男人变成傻子的甜蜜迷魂话语……

这是不言自明而又百转千回的洒脱的态度,丝巾的流行故事跨过千山万水在不同的国度落地生花,其功能也超乎想象,从服装、领巾、围巾、头巾、发带,甚至被运用为表带,绑在手提袋上作为饰物,丝巾的缤纷印花正是这个时节最好的礼物。可以乱缠一气,或许这才是正道。生机勃勃也好,文质彬彬也罢,你都能找到属于自己的角色,亮出自己的颜色。

情当如丝,吐丝作茧。因为《狂飙》,认识了一首《听》。爱情,莫过于做好一件事,那就是听,听你,听他,听自己。只有安下心来,才会注意去听,从外在的世界抵达内在的世界。一个主持人在十字路口做随机采访,他的问题是:爱情是什么?奇怪的是听不到一个相同的答案。

一位少女说,爱情是琼瑶阿姨小说中的那样,你侬我侬,缠缠绵绵,你死我活才过瘾。一个中年男人说爱情和打手机一样,要不停地打电话,只有不停地打才能沟通。而另一个看起来历经沧桑的女人说,爱像咖啡,虽然苦点,可令人回味无穷。这时,主持人拦住了一个特别漂亮的女人,这个漂亮的女人沉思了一下说,爱情像酒,白酒让人疯狂,啤酒让人舒缓,但好酒也不能多喝,有的人喝酒喝伤后会终生不再喝酒,爱情也一样,受伤之后再爱就难了。这句话后,包括主持人在内的人都沉默了,是啊,爱情毕竟是私密和细腻的东西，过程中若吐丝作茧，大方向不可马虎，小细节也马虎不得。男人能把握大方向，却忽视小细节，因此爱到了一定阶段，难免味同嚼蜡。这是常态，是所有人的无奈。

情当如丝，丝丝入扣。遇到一对银婚的老夫妻，我们在旅途中说到了爱情。我说了爱情似酒的比方，他笑着说，我又喝不来酒，没什么发言权。但酒的类别太多，这样说倒是讨巧无误。他的妻子接了话，说最好的爱情似琉璃。我见过琉璃，前几年在一个公号上买了一件，收到后甚为欢喜。每一次拿出来抚摸，心就变得柔软起来。琉璃？为什么是琉璃？我纳闷。如此清澈美丽，和爱情似乎画不上等号。

她说，在爱情的一开始，都是青春的。可是随着年龄的增长，我们越来越觉得，爱得回归简单，纯粹是趋势也是必然，精力有限，所能抵达的远方有限，爱情难免困于一角，如果没有纯粹，夹杂了太多的外在条件和功利，就失去了宁静，而喧嚣必然让爱情摇摆不定，迷失方向。

我知道她想说的是，婚姻在过程中难免复杂，但在这个过程中如果能把那些潜在的天敌挖出来，扔出去，消灭掉，比如自私、狭隘、虚荣、猜忌、懦弱，那么纯粹会随着时间而变得可能，爱情也能回归到只是爱情。

大多数的女人，在爱里总缺乏安全感。一根皮带想拴住的是对方的心。不知道有没有效果，但她们愿意用这样一种形式去期待，去等待。她们要的是一种形式，一种仪式，一种对爱的态度。一条丝巾，其最初的想法无非也是喜欢，喜欢以此为点缀，让自己的身上多一抹被看见的惊喜，让俗常的岁月变得再拥有一些变化，有人注目。可是细腻的东西,只是自己拥有的时候多,即使对方是送礼物之人,也未必能懂得搭配之人的全程心意,说到底还是一言难尽。

我又想到了那天老夫人说的最后几句话。干净到不染尘埃的爱,只是单纯地爱,尘世中的物欲和利欲在两个人面前起不到作用,像入了定,进入了无我之境,这是多年之后的爱情,身体渐老之后的爱情,情意如丝,美若琉璃。

叔本华写道:"大喜、大悲、大努力,都不适合(女性)。她们的人生理应比男性的更加安静、更加琐细、更加轻柔,在本质上又不会更加快乐或不快乐。"这就基本能对应如丝的爱情,是千丝万缕的丝,念兹在兹的丝。细腻的事,男人终究做得不够好,难以常常做得好。好在好的丝不会断,一头牵着款款深情,一头牵着细水长流。不用慌,也慌不来。

愿我来生得菩提,时间匆匆似流水。

原来,爱也一样。

只有认真地修,才会成为琉璃。琉璃也有一颗心。

丁卷　爱有道

世上有很多条路
有些路是直的
有些路是弯的
路上走着不同的人
有人唱着爱的主打歌
有人谱写爱的歌词
路上是迷茫的青春
像被风刮起的落叶
似曾相似的情节
挑染过往的痕迹
道可道
非常道
爱的灵魂
开始私奔

红酥手

红酥手

风一样的男子

忘了是哪一年看到"女神收割机"这个词了。初看,甚觉新鲜。细看,耐人寻味。心里想着的是,到底是什么样的男子才配得上这样的称号。像陈晓东歌词里唱的那样:"也许我是将风溶解在血中的男子。"

在女人眼中,或许是另外一些疑问。古往今来,为什么爱情会被无数人诟病和崇拜,很重要的因素在于对男人和女人的解读都是一直变化的。这种变化,接近无常的玄妙,其中,对女人的解读占了神秘的大多数。因为,一千个女子有一千种关于爱情的经历、爱情的解答。

有一个问题是:什么样的男人最可怕?不是没有金钱、名誉和地位,而是没有幽默感。这便是其中一种。

你会说怎么可能呢?

可是心理学研究证明:只有快乐的男人才能带给女人快乐。

这种快乐的发动机就是幽默感。

快乐多难啊,男人想得比较远,做得比较少。女人想得不太多，容易沉浸于当下。现在的女性已走在新时代的大道上，对自我的认知越来越透彻。她们不靠天，不靠地，靠的是一对很冷的眼、一双很勤劳的手和一路奔驰的脚。她们带着一颗追梦赤子心，上厅堂，入厨房，像打了兴奋剂，像女排姑娘那么拼，自己做自己无聊生活的收割机。她们说，除了生孩子可能要靠男人，其他需要男人的地方已经不多了。

我记得有一次和一位女子讨论过类似的观点。过程中，那位女子突然强调了一句话，让我感到有点震惊：我是有独立经济能力的人。乍一看，没毛病。往细里深究，可是一股强大的自信。是啊，有经济能力确实牛，就像拥有了一把万能钥匙，想进去的门都可以进去，通行无忧，畅行无阻。

面包我有，你给我爱情就好。一辈子这么短，想找个有趣的人过。生活已经够乏味了，为什么还要找个人难为自己。

说到底，生活不仅仅需要物质，更需要精神的长期供货。这样的长期可不简单，是持续的，亢奋的，激情的，自信的，不知疲倦的。大多数的男人会在中途退场。我们中的大多数人，并没有足够的能力给对方充足的物质，可以随时抛开眼前的苟且，去找到诗和远方。于是，幽默感就显得尤为重要了。因为，感情到了婚姻的当口，多的是柴米油盐，生儿育女，人情世故，鸡零狗碎，我们往往会因为琐事而一言不合，大打出手，直至分道扬镳。

你忍不了他的坏毛病，他忍不了你的坏脾气。他和你对着干，你和他恶语交加。他不会哄，你也不会道歉。他给你背影，你受不了冷战，必然是残局谁来收的感叹。

婚姻就像两个孩子做游戏，玩得好你我哈哈大笑，玩得不好就要翻脸,如果哄一哄就有可能继续玩下去,如果不哄可能就会一拍两散。

说到底,当彼此心灰意冷了,离了谁,地球还不是照样转。那一年看《欢乐颂2》,里面的小包总对着安迪说:你若推开我,谁来疼你。看起来多么不食人间烟火的安迪,在小包总的怀抱里终究软了下来,成了幸福的小绵羊。她属不属羊我不知道,但看起来的一个女强人在怀抱里温柔了倒是真的。

我们都曾在最美的年纪遇见怦然心动的人,到最后他却不在了。也许当时的他太木讷,也许当时的他不懂风情,也许当时的他就差几句好话哄哄你。你会想,只要当时他给我希望,我是愿意和他一起吃苦的。你会想,我说的要走并不是真的想走,离开只是想要被挽留。

你会想,他每天总是唉声叹气的,为什么不能对未来充满信心呢。连老一辈都说,不能叹气,气一叹,好运就没了。

幽默感是感情的润滑剂,一个有幽默感的男人必定是自信而充满智慧的。他可以自我解嘲,他可以在你的言语里化解山雨欲来的狂风。

苏格拉底的妻子性情暴烈,一次争吵,妻子气愤难当,从楼上向下倒了一盆水,淋了他满身。他笑:我就知道,雷声过后,必有暴雨。

两性关系在充满攻击的时刻,总得有一方兵来将挡,水来土掩,避免战事升级,化解尴尬,包容冲突。和女人对着干,总没有好处。很多男人都懂得,可是差距就在想得到与做得到之间。

男人在感情中也经常冲动。于是,遇见冲动带来的魔鬼。生气的时候，总想争个赢，常常图口舌之快，语不惊人死不休，到最后，也没发现自己赢在哪里。

这方面的处理，不得不佩服一位老朋友。每次和老婆吵架的时候，他会用手比个停止的手势，然后一本正经地说，这是人民内部矛盾，不是阶级矛盾、敌我矛盾，我们要多开展批评和自我批评。

于是，问题巧妙转移，既保住了自己的面子，更为双方提供了善意的分析和提醒，知道了一个巴掌拍不响，抛出了谁都有错的潜台词。

原来，这世上有一种高级动物，她压根不会在感情里和你讲道理。讲道理你就输了，她是讲感觉，讲感性的。极致的诚意与温暖，才能愉快玩耍，和平共处，相得益彰。

也许幽默感掩盖了一些浮华的帅气，却更深得人心。有人说爱情是舒适且不尴尬的沉默。也有人说，是眼睛为他下着雨，心却为他撑着伞。更有人说，爱情是虽然还没能和她在一起，却在心底早已过完了和她的一生。

每一句，都是多么痛的领悟。

人生苦短，知道爱的苦，却化骨绵掌成为拈花一笑的甜，自然也是诸多女子的掌中宝。

它让你历经苍白，仍然对生活兴趣盎然。

懂得便是深爱

爱情里最难的便是懂得，最高的境界也是懂得。"懂得"二字太难了。难于上蜀道，难于上青天。

女人的世界里没有青天，只有晴天和雨天，只有云朵和花朵，只有幻想与胡思乱想。

女人也渴望懂得。

懂得她的难处，懂得她的无助。

她当然也渴望被懂得。

懂得她需要拥抱，懂得她夜深人静的寂寞。像一只猫，缩在一个角落，禁锢自己的身子，害怕长空里的每一道电闪雷鸣。

一段感情，往往不是败给岁月，而是败给彼此并不懂得对方。这是一点蛛丝马迹，细心的人愿意回头的人才能慢慢发现，恍然有悟。

你会觉得，他怎么一天到晚这么忙，早出晚归，回来时还一身酒气，满口烟味。你会觉得，她一天到晚拿着手机，宁愿冲着屏幕傻笑，也不愿意给你一句问候。

每一个人，既是社会的共同体，也是个人的珍藏品。男人为事业打拼，为了自己骨子里的面子，不断地寻求存在感。当他不能刷脸的时候，唯一可以依靠的就是他人的认同感。

这种认同感，来自工作的肯定，家庭的保障，口袋的饱满，更来自灵魂的升华，他希望成为一个有趣的人。

女人的一生可以很复杂，却往往活得很专一。

专一地想得到更多的爱，永远不满足，渴望你若一直在，我就一直爱。

除了爱情，她很清楚自己承担的生儿育女的责任，想把更多的美好书写在和你一起完成的作品上。

男人眼中的大事，在女人那里并不见得有多大。她们看世界的角度不一样。

常伴左右，真诚沟通，说出你的心事，帮她做点小事，倾听她的吐槽，都是她眼中认为最重要的事。

女人的心多细啊，一根针掉在地上都能听得见。对爱情的怀疑，对婚姻的倦怠，并不是主要来自生活的压力，而是你对她的熟视无睹，漠不关心，不愿意做小事，而且是即使做了小事也做不好。这难倒了多数男人。幸好女子包容，有好生之德，默默地抚慰了诸多平淡无奇的男子。

男人爱沉默，女人爱释放。

见过一对夫妻，男的是老师，女的是全职太太。男的长相普通，老实巴交，每天除了教书，就是回家待着，待在家里不说话，安安静静地看电视，安安静静地玩游戏，安安静静地睡觉。女的长得标致，生动活泼，在家时安安静静地带小孩，在外头爽爽朗朗地笑。

丈夫每个月的工资一分不剩地交给妻子，吃妻子做的早餐，没有应酬，基本用不来钱，也舍不得花。日子过得波澜不惊，却少了点滋味。吵架也会有，丈夫总是沉默不语，妻子总是一吐为快，一吐方休。

她说，他对她冷暴力，她最受不了的就是这个，要么痛痛快快吵一架，要么和和气气谈一场。可这两样，他都没有给他。她说，这种男人真没劲。

全职太太不好当，在家带娃带久了，她觉得自己都快不认识自己了。因为，她对这个世界陌生了，对自己的能力怀疑了。她不想湮没在时代的洪流里，对不起报纸上说的那半边天。

她出去工作。他的平静被打破。

他说，我的工资足够养你了，我不喜欢你抛头露面。

她说，我要去上班，不仅为了赚钱，更想活出天然本色。要快乐，要美，要做瑜伽，要去旅行，要对自己比个心，要看到自己喜欢的包包买买买，要对生活的无奈喊喊喊，要和过去的自己拜拜拜，要在酒吧里买醉，拒绝一波又一波男子的暧昧。

他觉得对她已经够好了，他辛苦养家，她只需负责貌美如花。可是她不想说，爱不是束缚，而是给对方更广阔的空间，更自由的心情，更率真的自我，更长远的自我蜕变。于是，一来二往，时间更迭，他和她最终分道扬镳。

她说，日子怎样来，我就怎样爱。

他说，往事不堪回首，不说也罢，一声叹息。

她说，爱上一个人就陪她去绽放。

他说，爱本是泡沫，如果能够看破，有什么难过。

一滴泪，化两行。一种相思，两处闲愁。

天上的爱情，人间的婚姻。其中的琐碎，百转千回，旁人道不明，看不清，身临其境的两个人却是伤痕累累，一方小池，几万里长空。

你的柔情我不懂，我的忧郁谁能知。当彼此不再懂得，不再愿意去懂，我也决定不再喜欢你了。这样的喜欢没有意义，因为不是爱。既然不懂爱，谁也不是谁的谁，尽管谁也都是谁的谁。这一生，光阴匆匆。刚恋爱时，你不懂我就算了。后来生娃了，也没懂。在对孩子的期待中，我没有纠缠和打闹。直到七年之痒，我开始犹豫，开始反思，开始有意识地在夜里用脚踢开被子，像踢开某些束缚。

我知道，你并没有懂我。

我没有被珍视。

我还是一个人在战斗。

我又想起了那些年青葱岁月里的他。浅浅地笑，白到云端的运动外套，手里拿着一瓶汽水，从校园的小卖部款款走来，夕阳染过他的黑发，随风轻扬，那个少年，那一刻的画面，美成了一幅油画。可是当鸡开始打鸣，一切又化为一股烟，飘飘荡荡，无影无踪。

她终于知道，时已过境已迁，唯有说不清道不明的思绪在心间。就像这么多年，她似乎是拖儿带女，内心却是孤零零的一个人。为何恋爱，为何结婚，为何莽莽撞撞地把日子过下去，似乎到了该和一个闺密择一间清雅的房间，泡上一壶茶，点上一支龙涎香

红酥手

的时间。

　　最好时间懂得，如果不懂得，那就喝下眼前的这杯忘情水，化作点滴相思泪。

勇敢去爱

故事发生在几年前。此刻看官看到的是几年前的回忆片段。

小舅子从邻县赶来,说是带上女友见家长。本以为是两人,结果是五人团。看着青春洋溢的"90后",我竟一时语塞。

世界变化太快,本以为"累觉不爱"的他会面壁思过,苦心修炼。没想到,在极短的时间内又带了个女孩儿在侧,常秀恩爱,霸气侧漏。

之前的女孩儿年长他几岁,心智成熟,容貌尚佳。可是在她面前,他更像弟弟,没有主动权,处处放不开,显得拘谨。

二十出头的年纪,也见了些世面,终究在恋爱面前无所适从。成熟的一方总想着居家过日,懵懂的一方只想活在当下,快乐至上。

爱情的姻缘或许冥冥之中自有定数,旁人总不得其解。记得有句话是这么说的:爱神的箭射向远方,射向那少女的心坎上,少女的心彷徨,情网要轻轻地闯。

前任是他的曾经沧海。言语不多,两人相顾无言,有话深藏于

红酥手

心,面对问题,一方难以破釜沉舟,一方我见犹怜。就像曹禺在清华园的邂逅,一个矮个子圆脸,戴眼镜,穿长衫。一个高鼻梁,红脸颊,好身材,清秀貌。郑秀眼中的家宝,痴情至死,不爱成名,只求常相伴。常相伴多难啊,伴着伴着对方的问题就多了起来。于是,在嘀嗒嘀嗒流走的岁月中,世上绝美的爱情都败给了似水流年。

女的都想在爱里被呵护,做他一辈子的女孩儿。男人也想在爱里被仰望,做她一辈子的英雄。可是,未必所有的女人都想做小女人,也未必所有的男人都想做英雄。宋子文和盛爱颐的爱情夭折了,王伯秋和孙婉也被棒打鸳鸯,梁山伯和祝英台化蝶双飞,最好的爱情总在最凄美的剧情里。

联想起眼前这个高高瘦瘦,貌似玩世不恭,心却有着千千结的小舅子,我知道他也有一颗柔软的心,也想做个暖男,没想到他终于在一个春天迎来了他所谓的爱情。

十指相扣,前拥后抱,耍帅发动态,逛街若无人。

我想,他也许想证明,他不是我们之前所认为的那个他。

他也可以放下,需要关注,渴望被爱。他眼里的她就是他的"小公举",他不在乎天长地久,只在乎曾经拥有。他的她也不在乎他是否帅气多金,只在乎天天相见,时时开心,把她捧在手心。

没有人知道爱情的模样,因为爱情本就扑朔迷离。没有人想去探讨爱情,就像没有人知道生活的下一个篇章。

当我们看到他人展示爱情时,一方面是不屑一顾,一方面是感慨万千,偶尔还会泛起涟漪。我们不屑于他们的表达方式,就像我们也曾在爱的路上被不屑一顾。可是,我们还是走完了自己的路。

一路荆棘，勇敢很难，去爱很难，执迷不悟的人，心里装着太多的故事。即使误入歧途，也是心中的魔鬼现了身，真的要输，也是愿赌服输。

我们在看到别人的相处时，会感慨那些时刻的我们是否真的勇敢过，真的勇敢去爱过。在过程中，其实有千言万语。有的人我们在选择之前，其实心里是考量过的，要不要追求这五个字一定在心里打了多遍的鼓。而这样的纠结和想法决定了要不要勇敢。有些后来的后悔，是因为我们当时没有勇敢。有些当初的犹豫，决定了后来的后悔。

读《神仙传》，卷五，有一则"泰山老父"的故事：泰山老父者，莫知姓字。汉武帝东巡狩，见老翁锄于道旁，头上白光高数尺，怪而问之。老人状如五十许人，面有童子之色，肌肤光华，不与俗同。帝问有何道术，对曰：臣年八十五时，衰老垂死，头白齿落，遇有道者，教臣绝谷，但服术饮水，并作神枕。枕中有三十二物，其三十二物中，有二十四物，以当二十四气；八毒，以应八风。臣行之，转老为少，黑发更生，齿落复出，日行三百里。臣今一百八十岁矣。帝受其方，赐玉帛。老父后入岱山中，每十年五年，时还乡里，三百余年，乃不复还。

我在想，不管从延年益寿的角度还是从爱情恒久的角度，它们的共同期待是长生不老。如果说爱情也有药方，那使用周期必然会比较短。因为爱情没有放之四海而皆准的法则。相思病不一定要用相思药，心病还需心药医，解铃还须系铃人。

我们上班时，很多单位或公司会在大门进去之后，落地或顺着台阶放置一面大镜子。你走过去，会照出自己惊讶的样子来。对于感情也是一样。勇敢建立在自信的基础上，盲目追求无非是耗损自己的内心。你看到对方时，应该有一种感觉。就像你准备走一条路，你得知道你能不能走下去，走得好，愿意坚持。

我们都曾怀疑自己不够好，不够高，不够帅，不够温柔，不够细心。怕给不了对方更好。

这样的感觉我曾在某个时候和身边的朋友探讨过，她们及他们说，如果当时勇敢一点，再坚持一下，或许彼此都会有勇气走下去。那样的语言再一次带回当年的场景，包厢里放着梁静茹的《勇气》：终于做了这个决定，别人怎么说我不理，只要你也一样地肯定，我愿意天涯海角都随你去，我知道一切不容易，我的心一直温习说服自己，最怕你忽然说要放弃。爱真的需要勇气，来面对流言蜚语，只要你一个眼神肯定，我的爱就有意义……

我清楚地记得，那时的我和她眼里含着泪花，似乎预见了以后的分开。我们在听到前奏以及那半句"终于做了这个决定"之后，彼此心照不宣地互看了一眼。

后来的后来，渐渐懂得：爱情说到底是私密的事，你侬我侬，你情我愿，只要旗鼓相当，反差不太大，自然无可厚非。不如勇敢去爱，趁还年轻，就像从来没有伤害过。

即使这一次也是伤害，获得的却是一本沉甸甸的爱情证书。

用尽气力讨好

讨好，相对来说更偏向于贬义多一点。

我不喜欢它是褒义词，尽管它也可以在褒义的环境里生存。

在爱情里，讨好经常发生。有人会说，因为爱而讨好。而我，却见不惯那种刻意的讨好。这恐怕也会招来反驳，别人也会说，因为爱才会刻意地讨好。好像讨好的前缀和后缀加上了，都是对讨好的解读，对讨好的尊重，对讨好的丰富。

我不喜欢讨好别人的女子。具体的不喜欢在哪里我说不上来。有些女子，其实自身的条件也不错，在待人处事上却显得通吃八方，面面俱到。我相信，她们的能力是有的，魅力也是有的，可似乎总有点不真实，就像涂抹了素颜霜、BB 霜、粉底，经不起细看。当然也有一种可能，她们想用自己的全力以赴营造一种别人看来的完美无瑕。无瑕便是被爱的理由，多少女子能拒绝男子灼热的目光，她可以拒绝，也可以接受，她在心里悄悄享受被注目的美妙，不用说出口，每个细胞都开始跳跃。

男人也忍不住讨好。爱情无非是一场对垒，一方总要稍占上风,就像一场拳击赛,如果不能击倒对手获胜,也要用点数分出高低。男人为什么要讨好,自然是因为怕得不到。为什么要讨好,因为感觉比对方姿态低。在没有自信支撑下的皮囊,她比你好,你才会讨好。爱情也像跷跷板,她的分量重,你会就恐高,高处是危机感,高处不胜寒哪。你太在乎她,没有遇见比她好的人,觉得她太美太与众不同,所以要讨好。

她的讨好也是与生俱来的,与性格有关,也与骨子里想要呈现的惊艳有关,当然不知道的或许男人永远不知道,而女人又有个体性差异,于是这个问题便成了一个谜,躲在世界的每个角落,躲在男男女女的暧昧里、追求中。

这样的例子,古书里也有,可见古代易寻男女讨好的发源地。

《夷坚志》之《鄂州南市女》是这样记述的:鄂州南草市茶店仆彭先者,虽廛肆细民,而姿相白皙,若美男子。对门富人吴氏女,每于帘内窥觇而慕之,无由可通缱绻,积思成瘵疾。母怜而私扣之曰:儿得非心中有所不惬乎?试言之。对曰:实然,怕为爹娘羞,不敢说。强之再三,乃以情告。母语其父。以门第太不等,将贻笑乡曲,不肯听。至于病笃,所亲或知其事,劝吴翁使勉从之。吴呼彭仆谕意,谓必欢喜过望……

原文有点长,故事全篇的意思是一个女的喜欢上一个男的。可是男的已经订婚,女的叫父母说亲却遭到冷言拒绝。姑娘一听,心碎了,不治而死。埋的时候,被盗墓者看见,因盗墓者的接触活了过来。那姑娘用计先答应给他做老婆,后来又回头去看最先喜欢的那个男的。没料想,那男的以为她是鬼,打了一个耳光,后追着跑,不小心坠楼而死。这难免有用尽气力讨好的感觉,连命都搭上了，人家从头开始就没领情。都说男追女隔座山，女追男隔层纱。可是故事中的男子彭先就是一张坚硬的牛皮纸，不懂风情也罢，绝情就大可不必了，害了别人也害了自己。

换成现在，这样的线索一定还有，只是没有到了死去活来的地步。讨好的一方，总是憋气的。一开始的讨好，总希望换来回应。没有毫无目的的爱，要么图样貌，要么图条件好。还有的情况是，他没钱没房，但是潜力股，真心对我，女子也愿意陪他走过去，走下去。这是理想的状态。

现代女子的讨好表现包罗万象。约会前，不知道穿什么衣服，甚至想带上闺密临时去买新衣裳，只为让自己看起来更鲜活，更有状态。这也是一种讨好。外在的讨好更直接，男人都是眼睛的奴隶，稍微不注意就会迷失在女人的外表上。尽管有些外表经过包装，可辨别能力总会陷入泥沼。

痴情的、真情的女子，是你的吉祥物。她会问你喜欢吃什么，喜欢看什么电影，经常听什么歌，愿意梳理什么样的发型，重要的场合戴什么样的首饰。搜肠刮肚，小心翼翼地琢磨着你的心思，这更是讨好。最讨好的行为莫过于爱屋及乌，同流合污。愿意爱你的父母，愿意忍受你的怪脾气，愿意在厨房折腾一下午，只为看到你狼吞虎咽的样子。食物和爱情总是贴合得最近，让明眼人都能一眼欲穿，翻山越岭。

赵飞燕为了讨好汉成帝，总不会吃得太多，因为他喜欢 A4 腰；杨贵妃要吃荔枝，唐明皇命专使快马加鞭三千里送来，于是有了一骑红尘妃子笑。

讨好一个人，多半会放低自己。深爱，出于自愿，但日久天长若得不到反馈，也是大伤元气，黯然神伤。讨好一个人的方式有很多种。记得她说过的话，记得她给你的提醒，记得她想要的却没有得到的礼物，记得早一天给她想要的生活。讨好的过程很费力，但，爱上这个人，讨好出自天然。说白了，有点像周瑜打黄盖，一个愿打一个愿挨。爱情中，总有一方是在默默付出，另一方相对舒适。

讨好的境界可以很高。杜月笙当年用直升机去接孟小冬，宁可自己捐款十二亿救灾的晚宴不参加，只为红颜一笑，兑现承诺。迎娶她时，在香港九龙湾饭店，给了她最盛大的婚礼。试问，哪个女子不动容。处处用心，处处把你当成小孩儿。这样的深情，值得孟小冬为他封喉。杜死后，孟不再开口唱戏。

讨好，用尽气力地讨好，说到底是为了讨取对方的爱。

我们，或许都曾做过，或享受过被讨好的待遇。

只是，年岁渐长，我们再也难以用尽气力去讨好一个人。

如果要有，也是讨好我们自己最靠谱，最轻松自在。

因为，对应的，用尽气力讨好我们的人，也很难有。

爱的休眠期

人有情绪周期、生理周期和健康周期。情绪周期二十八天，生理周期平均也是二十八天，健康周期以每天二十四小时的睡眠周期为起始点。爱也是一样，久了也会倦怠，进入休眠期。就像天天上班，难免疲乏，需要周末调节下状态。

有时候的心情，简单得像一张白纸，什么话也不想说，只想好好静一静。可对方往往很难理解，你为什么沉默，是不是不愿搭理我？

这也许就是男女对待感情的不同。

她和他之间的"爱情温度"也不相同。

比如有些喜欢轰轰烈烈，仿佛想让全世界看到相处的甜蜜。有些则不愿意声张，即使过得很好，也想在自己的世界里安安静静，如入无人之境。性格的磨合和对话的模式异曲同工，不沟通好很容易不在一个频道。你想表达的是这个意思，她却没有听进去，而是急于表达自己的意思。

也许，每个人都是以自我为中心的吧，她们或他们的话语围绕着思想转。恋爱在暧昧不明，在得到对方、了解对方的底子之前，没有疲劳，是乐此不疲，仿佛有说不完的话，看不完的风景，品尝不尽的美味。

关系趋于稳定，你的瑕疵显山露水，惰性也出来，你对她的抗议置之不理，他对你的忍无可忍熟视无睹，有明枪，也有暗箭，最受不了的是冷战，却又担心对方想不开，生无可恋。

于是只能妥协，可毕竟心有不甘。你不再奢求在漆黑的夜，肚子饿了，得到他屁颠屁颠跑出去为你送上的夜宵。你也不指望他像别的男人一样那般细腻、细心，记得所有的曾经和感动。

梁实秋写过《萝卜汤的启示》，他试了上清寺朋友做萝卜汤的做法，秘诀就是多放排骨，少加萝卜，少加水，并联想到做文章的道理：文字而掷地做金石声，固非易事，但是要做到言中有物，不乏人觉得淡而无味，却是不难办到的，少说废话，这便是秘诀，和汤里少加萝卜少加水是一个道理。

烹饪和美食不同，男人和女人不同。女人在爱里，喜欢把简单的事情搞复杂，这就是态度和情怀，也是给你出的考题。男人却害怕把简单的事情搞复杂，次数少了还好，次数多了就扛不住。一来耐心不够，二来质量不高。于是，很多女人都把身边的男人考住了，得不了高分。

女人在爱里是赴汤蹈火，每天打了兴奋剂，充满新鲜感。男人是一鼓作气再而衰三而竭，越往后越显定力不足。休眠期就是这样来的。你们都想歇一歇，你知道若是从前，你问他：爱我吗？他会毫不犹豫给你很多你完美的答案。如今却是含含糊糊，半天未能作答。

你追问他，为什么不回答？他说，要不要我录一盘录音带给你，想听几遍就几遍。这样的回答，显然是低分。你伤心，沉默不语。心头却似百只蚂蚁在爬，痒得很，烦得很。你没想到他会如此轻描淡写。你知道，没有什么会永垂不朽，何况撞上了爱的倦怠期，爱的空巢期。

疲倦感人人都有，所有的爱概莫能外，像夜幕一样日日沿着自己的轨道低垂下来。如果这个倦怠期有期限，能放假，倒愿意是七年。就像七年之痒，能过去就过去，过不去就算了。都是命里的劫数，顺其自然。

人们常说，有情人终成眷属。这是一种美好的期待，即使成了有情人，"倦属"却时不时会来敲门。这种疲倦感一方面让人唏嘘，一方面却容易让人看清爱情本来的面目。

一个朋友，年龄和我相仿。他和他老婆也在经历这样的倦怠期。每天回到家，除了和孩子互动，彼此的互动很少。在沙发上刷手机，在房间里看电视。到了晚饭的点，慢悠悠出来吃饭。吃完饭继续忙自己的"手上活""眼里活"，直到夜幕渐浓，各自洗漱，然后拉上被子，酣然入睡。他们不是没有想说的话，只是觉得说了以后也是那样，不说了还省点心气。对方的缺点看在眼里，以前也念叨过，说了也不顶用。不如就这样将就着过，不吵不闹，平安和谐。

就像花无百日红，人无千日好。不是所有的好都会一直存在，总会轮回，总在一念之间。更何况，一直对对方好，是需要足够的爱和坚持的。

爱情的船只驶入疲倦的海域，我们有了自我定义的标签。它会被我们贴在对方的身上。他不爱我,他很没劲,他不是一个称职的丈夫,或是她很黏人,她很来事,她老是长不大,她控制欲很重。所有的这些,让我们很难为爱翻身,直至等待沉船。沉船就沉船呗,都是修炼过的男女,想得开也看得透,人生无非是围绕着"我"挪移,乾坤在手,乾坤在心,岁月是它的记事本。

当然,在有情感基础的情况下,对疲倦感、对休眠期不妨更坦然一些。疲倦感需要用新鲜感消除,休眠期需要用新伎俩催化。爱情,说到底也是一种技术活。

这些包括闪婚,生娃,二孩,旅行,丁克,分床,也包括寻找第二春,寻找红颜知己、蓝颜知己。有的外遇毁掉爱情,有的反而证明原来的爱多么可贵。这里面是个八卦阵,进去容易破解难。

疲倦的爱不是病,不是个性不合,不是命里相冲,而是爱的旅程中的常态。

毕竟,人生在某些时候,你会觉得漫长无期,一天天的循环往复,每个人都在寻找新的出口,休眠期是一段小插曲,也是一次新鼓点。

休眠期是什么?有人需要嗅窗前的一盆兰花,有人需要看窗外的水泥森林。有人需要拳头,有人需要指头。有人需要华山,有人需要太湖石。各自待一边去,给爱一段休眠期,未尝不可。

丁卷　爱有道

爱的验证码

　　国庆假日，回了趟家。父亲包了包子，刚出笼就喊我妈来吃，老妈不知道是哪根神经堵住了，竟自豪地哼起了歌：这就是爱，说也说不清楚；这就是爱，糊里又糊涂。让我开始怀疑，我是不是她亲生的。这些文字，如果不是在纸上，估计我也不敢表达出来。至于以后能不能被老妈看到，那是另外一回事了，交给时间吧。

　　老妈是一个与世无争的女人，懂的不多，对生活的要求也少。有时候觉得她这样的生活也挺好的，想吃就吃，想睡就睡，哪怕是活在自己的世界里，也算云淡风轻。老爸的优点，我没有很明显的感觉，若是论优点的话，我想就是话比较多，会沟通交流吧，俗称吹牛不打草稿。

　　由此，勾起今天的半个话题，那就是，爱是谈出来的。

　　谈恋爱，谈恋爱，相信很多女人都希望自己的另一半是会说话的。能说会道，会把自己的思想渗透进对方。

　　女人是听觉的动物，在恋爱里，女人的耳朵更容易犯痒痒，如耳鬓厮磨。如果对方是傻乎乎的，女人最简单的直觉就是这个人可能不会沟通，社交能力差，以后和我的父母亲戚也不大好沟通。

　　女人想得总是很远，很周到。会说话，其实很难。女人话少，也可称之为含蓄。男人话少，就显得木讷。话太多，又显得随意和轻浮。男人的会说话，主要的特点我想应该是会赞美。女人的智商比你想象的高，无论在婚前还是婚后，对这种赞美都有极高的要求，稍有不慎，便会万劫不复。比如说，女人新买了一件衣服，她在你眼前晃来晃去，兴致勃勃地问你：我穿这件衣服好看吗？你可能一时分了心，或者在忙着自己手头上的事，随口说了一句：好看。这就出麻烦了。因为你没有回答具体。女人的心里一定觉得你是在敷衍她。她想要的答案是：我好看在哪里？穿了这件衣服我的气质有没有什么变化？穿了这件衣服和别的女人穿这件衣服谁更好看？对我的穿衣以及细节的搭配还有什么建议吗？

　　如果你说，老婆，你穿这件衣服真是太好看了。比你的闺密那谁谁谁更能驾驭这种风格，穿起来简直跟女明星一样漂亮。那她肯定会乐上一整天。因为你讲具体了，夸具体了，她觉得你很在意她，在你眼里她比其他女人更漂亮。

　　虽然她的外貌可能并不怎么样，但她从你的言语里，听出了"情人眼里出西施"的感觉，所以即使是谎言也乐此不疲。

　　谈恋爱如此，婚姻也是如此。婚后的生活最容易变得平淡，很多人都会感慨没有激情，跟左手摸右手，没了感觉。每天下班后要么围着孩子转一下，要么各自玩自己的，他玩他的游戏，我刷我的朋友圈，没有太多的话，难得有了兴致想要鱼水之欢，也是例行公事，像是上班的签到打卡，匆匆而过。完全没有了年轻时的感觉。

　　这又牵出了另外半个话题：爱是要看行动的。俗话说，说到不如做到。世界上最难的距离是：说到和做到之间的到达。

读过金庸，你便明白，这世界上最锋利的不是倚天剑，也不是屠龙刀。伤你最重的，不过是一个情字。而情字最难的也是做到。纪晓芙和杨逍，赵敏和张无忌，岳灵珊和林平之，都是在做与不得之间唏嘘不已。金庸老先生花了诸多笔墨，刻画了一个个复杂的人物内心世界，无非想让自己的情投射到众生的情上，引发大面积的共情。

婚前还好说，心事不太多。这在婚后更显得艰难。你们有各自的工作和压力，有那么多的琐碎事情要去处理，要去为了小孩儿伤身操心，要为了自己的提高而去挤时间，你们都知道自己肯定拼不了爹，只能和自己较劲，和生活拼命。于是，时间成了奢侈品。

做，需要时间的验证。每一个生日，每一个结婚纪念日，每一个她的生理期，每一个节日，每一个你们共同经历过的刻骨铭心的日子，你都得花时间好好做。做一份份礼物，做她想吃的菜。心思要细，胆子要大，计划要提前，过程要体贴，表达要浪漫，结束要有回味感。

有人养了一只鸟，那是他最心爱的东西，每天伺候它、欣赏它，连做梦也梦见它。可是，有一天，鸟不见了。他忘记把笼子的门关好，鸟飞走了。他实在心痛，很想把那只鸟再找回来，看见鸟就注意观察，听见鸟叫就把耳朵转过去，可是那些鸟都不是他的鸟。

有时候，他看见成群的鸟，他希望那只鸟就在里面。其实，就是在里面，他也认不出来。不知道到底哪只鸟是他的鸟，他只有爱所有的鸟。从此，他变成了一个爱鸟者，一个保护野鸟的人。

红酥手

回味感是这样的状态,像一个意犹未尽的故事。而这样的做,需要你合理安排好时间。工作不上心,就难免要加班。身体不上心,就难免力不从心。细节不上心,就难免让她伤心。对自己不上心,难免让对方看了恶心。

·说与女人赛跑,向女人学习,这般奋斗的过程对于锻炼自己的意志大有裨益。

老话总有些道理,男人征服世界,女人征服男人。英雄说:我不喜欢人,我喜欢女人,美丽的女人。女人比男人少一根骨头,有人说她少一根肋骨,有人说她少一块头骨。也许两方面都说对了,她少两块骨头,不是一块。

尽管如此,当你觉得了解女人的时候,危机来了。

给他一个高度

男人难了解女人，女人也不容易了解男人。

不知道先有女人还是先有男人，就像不知道先有鸡还是先有蛋。同样不知道的，是你每天起床是哪只脚先着地的。这不能太纠结，一纠结就累了。

婚姻也是一个解不开的谜团，在里面的人闷得慌，在外面的人看得新鲜，其实，说到底，搞定对方并不难，关键是要给对方一个高度。

我们都很忙。上班有这样那样的事，回家有大人小孩儿的事，男人临睡多半会想想自己的心事，而女人也有自己的事。

每天，我们看别人，听别人，也偶尔说说别人，笑笑别人。也许这一生概括起来就是偶尔笑笑别人，经常也被别人笑笑。

看一个人的能力，看他的对手。看一个人的层次，就看他的老婆。我尊重女性，也相信很多女人给了男人极大的帮助，做他背后的默默无闻，做他背后的起早贪黑，用小鸟依人换来男人的展翅翱翔。可是男人也很难，难的事情都让男人来做，所以这世上有了男人，被为难的人。

夫为妻纲的观念不可取，但为"夫"者不容易。"夫"是一个象形文字，"大"字代表大人的意思，在"大"字上面加上一横，就像男人在弱冠之时横插入发中的簪子，寓意一个独立的成熟男子。成熟不容易，执行不好的话就成了懦夫。

男人表面上看起来很坚决，实际上却很暧昧，好像很坚强，实际上却很脆弱。好像十分坚定，实际上却总在动摇之中。每个人都喜欢听好话，在婚姻中也照样如此，绝大多数人都是吃软不吃硬的，尤其是女人，反之男人也成立。有些男人在单位有模有样，受人尊敬，如果一回家就被妻子使唤或是这个看不顺眼那个看不顺眼，估计这日子就少了润滑剂。

女人自然不用说了，作为世界上最先进的听觉动物和嗅觉动物，男人的赞美无疑是挡不住的迷药，总能让她时刻处于春天的状态。

男人的爱情是比较级的。具体来说，就是男人比较容易分心，他可以在爱着一个女性的同时，又把目光投向其他的女性，他多情而不定性。而要抵挡这部分多情，要时不时给他灌点迷魂汤。这个迷魂汤，就是给他高度，经常给他赞扬。

对于女人来说，赞扬也无非是从她们喋喋不休的话语里随便抽出的一部分而已，用不着当真的态度来夸对方几句，或许回馈就不一样了，男人也是听觉动物，容易沾沾自喜，忘乎所以。饭馆，家中，办公室，商场，十字街头，女人在各种场合都能喋喋不休。她们的称赞很容易加上表情，这样会让男人的心里美滋滋。夸了之后，再叫他去做点事情就比没夸容易得多了。

男人喜欢倾诉，女人喜欢交谈。如果作为男人能偶尔蹲下身子，给她一个交谈的机会。在意她吐出的每一个字词，在意她话外的意思，那么女人便会觉得你是真诚的、用心的，即使你不能帮他解决问题，但你在乎她，愿意倾听就够了，她要的是爱的态度，你给了她爱的高度，那一刻她已经记下，她的心又往你的方向挪了几步。

羡慕给对方高度的生活状态，这样的状态类似于在人群之中找到了灵魂伴侣。贾宝玉和林黛玉是灵魂伴侣，王小波和李银河也是灵魂伴侣。李银河说："我认识他之前有过一次初恋，那个恋爱正好是失败的。如果那个恋爱成功了，我就不会碰上小波了。而他也喜欢过别人，但是也没有成功。后来我们俩就感慨了。这就是说，当你遇到灵魂伴侣的时候，一定会有感觉，相见恨晚的感觉，咱们这么晚才碰到？或者说真有点儿后怕，咱们差点儿失之交臂。两个灵魂的契合度能达到这个程度。"

羡慕金庸笔下的胡一刀，他被男人由衷地欣赏，比如苗人凤。在《雪山飞狐》沧州五天激战时，胡的飒爽英姿早就刻在了苗的心里。以至于有了"不来辽东，大言天下无敌手；邂逅冀北，方信世间有英雄"的感慨。

胡一刀的幸福还被女人放在心里，他的老婆是个极品，颇有情调。这个情调在于，老婆（冰雪儿）不但长得漂亮，烧得一手好菜，武功也很高。可谓志同道合。这样的组合是珠联璧合。当然这些还是次要的，重要的还有那三板斧：眼光、气质、性格。冰雪儿看到了鲁莽之外豪情仗义的胡一刀，无疑有眼光。胡一刀大战苗人凤时，像铜锣湾扛把子，有混迹江湖的冷静和气场。冰雪儿给了胡

红酥手

一刀另一种高度,她说,大哥,并世豪杰中,除了这位苗大侠,当真再无第二人是你敌手……即使是胡死后,她也是没想转移寂寞,耐住了寂寞,毅然决然地自杀殉情。

同样的,胡一刀也是给足了老婆面子。叫她宝贝,夸她女中豪杰,为她备了很多钱以防自己突遭不测。他还把刀谱给她,说传男不传女。甚至当他老婆问他,宝藏和我,你选哪个时,胡一刀也是笑而答之:要美人不要宝藏。一个男人不要宝藏只要美人也不容易,就像一个女人不图金钱物质,而愿意和一个男人吃苦一样,总值得珍视之,相守之。

人生在世,百年修得同船渡,千年修得共枕眠,说些好话,给对方一个台阶,或者是一把梯子,悦人悦己,何乐而不为?毕竟两人在一起几十年,除去中间言语的纯度不说,就为了开开心心地走下去,这样的高度依然是值得互相给予的,而给男人的高度不妨更多一些。因为,有可能男人小气的时候也很小气。女人大方的时候,却比男人更大方。

爱江山更爱美人,对女人来说总是动容的。他是英雄,却愿意做你身边的宠物,不言语,微微一笑也倾城。乃男神也。

两个人相处,简单也简单,给对方一个高度,就不至于降低相处的温度。

自己的标准

婚姻有可能让浪子变成模范老公,却很难让模范老公变成模范情人。关于爱情,每个人都有一套自己的标准,我们都是标准的制定者和坚定不移的拥护者,就像我们就是自己的国王,城堡是自己造的。

我们这些活了小半生的人,仔细想想,自己一路走来不也是暗恋过一些人,喜欢过一些人,被一些人喜欢过,也拒绝过一些人,被一些人拒绝过吗?谁还没点感情的经历。

这是因为,每个男女爱情标准的不同造成的包容性。一个男人可能跟这个女的在一起过得平凡甚至庸俗,但换作另一个女人可能会完全不同。所以说,很多时候是女人成就了男人。女人也是一样,跟着一个尿包倒不如跟一个混混儿,这多少反映了一些潜在的逆向思维。

这世上有多少男人,就有多少女人与之对应,除了光棍,除了不婚族,除了同性恋和双性恋。就是说,再差的男女都有对应的人喜欢,"差"是一个虚词,包含了外在和内在的多样指标。说到底,这也接近于感情中的"门当户对"。

喜欢她，喜欢胖女孩儿，喜庆的脸和骨子里的好脾气；喜欢瘦女孩儿，骨感身材，玲珑曲线，一把手揽入怀中的舒爽；喜欢长发飘飘，有温柔的触感；喜欢个性爽快，走路带风，还能陪你喝几杯的超快感；喜欢乖巧卖萌，可爱得让你每时每刻都想把她揣进兜里。

喜欢他，喜欢他手指淡淡的烟草味道；喜欢他，细密胡子扎在你颈间的小痒痒；喜欢他，大口吃肉、大碗喝酒的豪爽；喜欢他沉默不言，偶尔抬头看你的性感眼神；喜欢他，外表柔弱，关键时刻为你挡风遮雨的快意男人味。

也许，爱的标准从来就是私有的。所以，你根本不用怀疑为什么大学里的校花找了一个"矮矬穷"，校草找了一个黑萌呆。因为，一把钥匙配一把锁，总有他或她的匹配，更何况匹配的只是当时，当时的双方也没有求天长地久，只在乎曾经拥有。

或许在常人眼中，她和他不会走到一块，可是爱情有时候就是简单到：对我好。这三个字是承诺，是沉甸甸的付出和责任，要想做到多难啊。做到的人，总会感动另一方，从而获得最终的胜利。也许她年轻时貌美如花，人见人爱，花见花开，可是到了人老珠黄、风韵难存的那一天，你的不离不弃，精心呵护，深情陪伴，用心付出，或许就是最长情的告白，最具穿透力的子弹，直达心灵深处。

冰心写过一首诗，题目叫《相思》："避开相思，披上裘儿，走出灯明人静的屋子。小路径里冷月相窥，枯枝——在雪地上，又纵横地写遍了相思。"这是女人眼中的相思，男人眼中的相思却是另一套标准。他可能首先想到的是她的婀娜身姿，性感的曲线，以及那含情脉脉的眼神，至于两个人相处时的状态和更深层次的意境，只有通过见面才能揭晓答案。

更进一步的是爱的折射观。真正爱上一个人是不由自主的，你不知道为什么会爱他，你会失去计较的能力，所有看似的寻常都会成为不寻常。你们自信又自恋地过着旁若无人的生活，觉得她就是你眼里的西施，我爱咋样就咋样，谁也管不着。即使伤痕累累，也是周瑜打黄盖，一个愿打，一个愿挨。可是，其中的来来回回，外人自是体会不了。

就像我有一个忘年交，很多年前跟我说起过他的爱情故事。他个子不高，在厂子里上班那会儿喜欢上了一个外地的女孩儿。女孩儿话不多，可是会有意无意地请教他关于技术操作上的问题。一开始，他觉得这只是出于工作需要。后面，他渐渐觉得那女孩儿在暗示他什么。他嘴笨，说不来漂亮话，于是只能靠写。他的字歪歪扭扭，写的字不多，一行行分开，用他的话说是诗歌。在那些"诗"里，他化身为青蛙，女孩儿是池塘里的荷叶。青蛙和荷叶的相遇很难，因为一开始青蛙并不叫青蛙，它只是一只蝌蚪。而荷叶永远是荷叶，在每一个夏天亭亭玉立，清新可人。后来，有人摘走了荷叶。尽管，荷叶一开始也喜欢青蛙在边上游来游去。最后的最后，青蛙不再叫，每当觉得难过的时候就钻进池塘里，让自己的眼泪和池塘的水融在一起，就像尘封一段往事。

也常听一些朋友说及对另一半的要求。女性朋友中，有人首要在意的条件是个子要高。心里面总有一个高度，比如再矮也不能低于一米八。我惊讶得掉了下巴，一米八在江南不多啊，多少优秀的

红酥手

男人被扼杀在这三个字上了，智慧的，温良的，儒雅的，却因为身高而没有了入场挑佳人的资格，不免让人遗憾。可是，这个某部分女性的标准，这样的标准在她们心里如泰山石，是稳固的，坚不可摧的。

公平的是，男人也不是省油的灯，不同的男人对挑选女人也有不被理解的一些条件。比如有狐臭的不要，头发太短的不考虑，还有属相的契合度，怪趣横生。

无论是明星还是普通人，在这一生一定会爱上一些人，也会被一些人爱过。我们不断被时间窃走身边的一切，爱的标准也在不断地调整中。有心去调整总是好的，说明我们还年轻，还期待去兑现爱的诺言。过程中，除去伦理、道德和时空的因素，我相信，每一次的爱都是真实的，每一个人的爱都值得肯定。他和她握着自己的标准，为对方修改过调整过完善过，让彼此走下去的心更贴近现实。

还是那句话，萝卜青菜，各有所爱。行走天地间，顺手带上爱情的标准，才能更好地遇到自己的爱情。

丁卷　爱有道

从来不平等

爱情难见平等。有些人你对他好，他不领情，成了单相思。有些人，你不对他好，他反而唯你马首是瞻。男女都喜欢神秘感，喜欢挑战难度，越被拒绝越有可能激发爱里的攻坚克难之心。

就像谈恋爱时的追逐，往往是追得辛苦，才会珍惜。难怪女人婚后常常唠叨，以前对我咋样咋样，现在连个屁都不是。大抵是因为付出得少，所以不容易去珍惜。这类同于心理学上的"沉没成本"。

人生本来就是物我之间的轮回，一念成魔，一念成佛。一念天堂，一念地狱。一面天使，一面魔鬼。福兮，祸之所倚。祸兮，福之所伏。是相对论，也是辩证法。平等而言，也是如此。

你以为的不平等，在别人看来也是平等的。因为世间的男女，在追求与接受的过程中，已有的不平等早已成立。他外貌出众，家庭优越，先天条件让他比其他的男子更自信一些。她漂亮温柔，职场投入，自然赢得关注的概率会更大。聪明的女人和优秀的男人一样，都是狠角色，平时的功夫修炼在诗外，自然在人前显得更风光。

　　林花谢了春红，太匆匆，自是人生长恨水长东。曾经以为，婚姻幸福与否，是出身、教育程度以及外貌、性格的综合作用，可是，说到底，婚姻还是凭运气的事。每个人与他人之间的遇见是概率事件，而选择付出与接受也存在概率事件。这就是很多人回头看一段爱情或婚姻，不理解当初的决定的缘起。

　　张学良和于凤至是一个故事。张学良发妻于凤至苦等半个世纪，93岁长眠在洛杉矶比弗利山玫瑰公墓，也盼不到与张的重逢。于凤至是个不错的女子，不是没有档次，古典而美丽，气质也出挑，她是皇弟爱新觉罗·溥杰口中的犹如一枝雨后荷塘里盛开的莲。可是这样的赞叹也只是出于一个男人之口。

　　她是富商于文斗之女，是张作霖钦定的儿媳。她说算命先生言定的：福禄深厚，乃是凤命。她五岁入私塾，笔墨上乘，张学良也自愧弗如。她大度不似人妻。面对下跪的十六岁少女，不顾周遭反对，收留作夫君的女秘书，薪酬从优，出钱置房，成全了赵一荻的传奇。她懂他的悲喜。张学良被软禁的头几年，她一直陪伴。她为他焦灼，痛苦，抑郁成疾。在家庭方面，她亦是良人。她为张生了四个小孩儿，生第四个时生命垂危，只为多一份爱情的结晶。也许这世上的男人都难有深切的体验，只有女人最懂得，为男人生孩子，一个接一个生，是仅仅因为爱，纯粹的爱。可是她的好，他不一定会一直在乎。到美国，化疗，做手术，头发掉光，左乳摘除，却仍然挣扎着照顾家庭，规划他的未来。

　　可是，等来的是一纸离婚协议书。她不能接受，却又无奈地签了字，在他的"别有天地非人间"里低下头来，一生的签名却是

"张于凤至"。总有一个人爱一个人会低到尘埃里，哪怕爱而不得。

都说张学良懂感情，却没有在最后选择于凤至，哪怕是因为对付出的感恩。他终究是辜负了，因为也许他懂得，她会不计前嫌地原谅，所有的苦难，她愿意一个人扛。所以她，执子之手，未能偕老。宽容知礼败给巧笑倩兮，才华横溢难敌娇嗔痴嗲。又或是阴差阳错的变故，从他的全世界路过。无数爱情读本都在教导女人，怎样怎样留住男人的心。可是，两个人最天然的吸引远胜一切技巧。只有彼此的频率相同，步伐相差无几，才能平起平坐，互相走下去。没有卑微，没有颓唐。

身边的故事也有。一女的在婚前活泼灵动，虽身型小巧，但做事干练，姿色也不差。可是偏偏遇上了一位自吹自擂的男子，被甜言蜜语蛊惑，草草入了洞房。婚后，男方的脾性尽显，婆家也因为女方条件太一般而不待见，最后女子先天秉性尽失，完全少了昔时风貌，日渐憔悴。要命的是，生了几个娃，天天围着孩子转，中途不上班达两年之久。这两年的生活，让她给自己套上了枷锁。名义上是为孩子教育，却封闭了自己融入这个世界的心，每天郁郁寡欢，眼泪往肚子里流。可是，身边的男人还是老模样，缺点未曾改，优点没见增。最后的最后，这一潭死水的生活终于让双方分道扬镳。所幸在分开之时，女子若有所悟，争得了一些财产，不至于让自己落魄。试想，女性如果在婚姻中失去自我，把身边的男人当作大树，当作带娃的好帮手，做家务的好搭档，心灵的疗愈师，显然是不现实的。在这漫长又短暂的人生旅途中，婚姻不是必选项，但既然选了，还是要有自己的坚守和态度。女人，离开了男人照样可以活，活得好好的。男人，离开了女人也照样可以活得好好的。

因此，在不平等之中寻找一种平衡，不仅是爱情的学问，婚姻的谋略，也是生存的哲学。

我们不得不承认自己的患得患失。在爱里，人生的答案也是不平等的。你无法选择你的出身，无法克服原有的一些缺点。就像身体上的一颗痣，一道疤痕，一个印记，影响了美观，但不是你停滞不前、一叶障目的理由。

你认为的不平等，别人也这么认为。看的角度不同罢了。你不求索取，从不放弃，你耐得寂寞，经得诱惑。你足够爱他，他却不够爱你。你默默无闻，他高歌四起。

不是一个频道的，即使原先不小心用遥控器调到了一起，画面感终归是不和谐的。

不要觉得频道调好了，就不想换台。你要知道，不换台，你永远不知道还有更多好看的节目在等着你。

不如，早点放手。一切都还来得及。

随他吧，随她吧

人生有很多不确定性，能确定的就是做自己。弘一法师年轻时锦衣玉食，爱好广泛，在音乐、美术、金石、书法、教育、哲学等领域，均有不凡造诣。"长亭外，古道边，芳草碧连天"，一首《送别》更是感动着很多人，然而，这样一位才子在中年时遁入空门，让人不得其解。后来，他潜心修行，精研律学，再度复兴了佛教南山律宗。我不知道他有没有心爱的人，如果有，我想那个她在他决意弃绝红尘的时候，心里肯定是这么说的：随他吧。

每个人都想活得简单自在，其间的心绪千变万化，每一个决定都值得被尊重，爱情何尝不是如此。就像一大把沙子，你握得越紧，越容易掉下来。

坐火车或是飞机的时候，送行的人往往有点小悲伤。他走了，只留下一个模糊的身影，而你却呆呆地杵着，回去的路显得漫长又无奈。可是，没有办法，你只能自己回去，这份心情送别的人才有。

男人是风筝，其实都有一根细细的线，偷偷地拽在女人的手上，如何收放自如，则是女人的本事，收收放放，顺风而行，总能让风筝飞得自在。男人的上半身是智慧，下半身是本性。聪明的女人不会整天缠着男人问这问那，其实男人的事情生来就不会少，顶着的社会压力也很大。他们在社会上面对的竞争和自我的考验更多，但由于本性使然很多都会选择自我消化。你问多了，老缠着他打破砂锅问到底，那他回答你的未必是真心话。不问了，反倒他会在某个当下，向你娓娓道来。

男人很多时候也就像个男孩儿，他有他想玩的很多事，虚度的光阴。就像女人爱逛街，爱化妆，爱照镜子，爱八卦，爱晒美图，爱聊天一样，男人也有他的喜欢。

看足球赛，看拳击，看街上优雅又漂亮的女人，甚至烦恼的时候喜欢静一静。

没有为什么，这或许就是造物主本身带来的不同。男人也可以细腻，但是多数时候是粗放型的，窃以为他们若想混得好并不一定要做得太仔细，事事都认真，角色的定位让他提醒自己要活得洒脱，要心胸宽广，要抓大放小，否则，这个男人很难成为有魅力的男人。

那就，随他吧。他的缺点他不改，只能让他贬值，说到底你最终会因为看清而值得庆幸。

你或许会说，我跟着他，结了婚，他这样我怎么过呢？

答案很简单，他如果不值得你去跟随，那就离开啊。

没有谁愿意为堕落和不上进的男人买单。离了婚，天也不会塌下来。关键是你有没有信心对生活充满信心，对自己充满信心，让自己不断增值。

女人，我想也是如此。作为男人，也不需要时时刻刻念经，随她吧。她管不住嘴，迈不开腿，臃肿的是她自己的身体。她不自省，最终影响的是她自己。她不学习，只能让自己变得庸俗。她不去跟外面的世界接触，只能让自己的视野越来越小……

也许女人会说，我为了这个家，费尽心思，衰老了容颜。可是，你驾驭不了男人，或是让男人觉得你跟不上他的节奏，他凭什么对你毕恭毕敬，把你放在心上。同样的时间爱你，同样的世界，只要你想把自己变好总是有很多种途径，这些途径就是通向罗马的路，你得自己去找。

这种感觉就像我早年读到的一篇短文，是王鼎钧的《盲从》：在《西游记》里面，猪八戒怎会有一副猪相呢？原来他在投胎转世的途中，来到分歧的地方，不知走哪条路才好；后来看见其中一条路足迹稀少，另一条路上却络绎成群，就决定朝人多的地方走，不料误入猪群，转世成猪。

"跟着众人走"未必错，但是要先弄清楚路的尽头是什么地方。盲从是可笑的，甚至是可怕的。社会上一时的风尚或慌乱往往是盲从造成的，风尚是喜剧，慌乱就是悲剧了。所以修身齐家，处世治事，也要有慎固安重的修养，人少的地方不心怯，人多的地方不头昏。

爱情或许没这么复杂，但是不盲从也是得谨记的一条。不要听别人说老公一定要管，管得死死的。也不要听别人说，不要让老婆出去玩。我觉得，这些都是不自信的表现。真正的相处，是一个人的时候像一个人，两个人的时候像两个人，全心全意。

欣赏是相互的，爱慕也是相互的。年轻的时候，我们大多数都

红酥手

稀里糊涂地牵了手，可是牵完手，以后的日子可是要慢慢展现真本事的。谁都有自己的事要忙，谁都要养家糊口，很多事，自己不去解决，说到底也不是长久之计，终究会在以后的日子里露了馅儿，呈现出慌乱来。

恋爱时，男人的殷勤是为了得到对方。结婚后，双方各凭本事，综合得分高的，肯定去管综合得分相对较低的。我不相信爱情是平等的，纵然在一起了，还是得遵循"一物降一物"的道理，只是尊重的天平要时刻保持平衡。如果好好想想，最好的状态无疑是取长补短，反省自我，为我所用，进而看到更广阔的天空。

不要以为他不听我的，就不爱我，或者是以反正结婚了，我再怎么样她也没办法来自居。他或她，都应该不断思考婚姻的处境，现实的困境，未来的憧憬。这是一件很多婚姻中的男女不愿意去深入的事，就像听一个人说自己的缺点，尽管知道，但做到认真吸收的寥寥无几。

婚姻是一场长跑，跑着跑着谁都会累，要么轻装上阵，要么适时加油，要么体力旺盛，要么跑个捷径，要么坚忍不拔忍辱负重。

世上事，总是顺其自然的好。

丁卷　爱有道

刀锋战士

有一天在一个文学群里看到有人发了一篇关于狗的文章。主题是围绕着一个女人对自己心爱的宠物离开这个世界的情感描述，后面加上了宠物殡葬业的一些细致描述。读后不由得在想，现在的女人是怎么了，对宠物的依赖到了这个地步？

每个人都很孤独，这一生的路，酸甜苦辣穿插交替，只有自己才能领会。

而女人的孤独，多半表现在情感上，因此对宠物的依赖显得更多一点，频率会更高一点。男人养宠物的也有，但那么伤心又有仪式感的，在我的周围似乎不多。

还是回到好男人的标准上吧。好男人的标准是什么，我想一万个女人有一万种说法。高富帅，成熟，稳重，浪漫，勤劳，上进，低调，从容，大气，细腻，善良，爱心，温柔，忧郁。萝卜青菜，各有所爱。天底下的女人都想把看到的、想到的、心里要求的、未来期待的所有的名词都放到那个"完美男人"身上。记得在哪本书上看过，说潘金莲是这个世界上最幸福的女人。她有四个男人，一个是西门庆，一个是武大郎，一个是武松，还有一个是张大户。西门庆有情调，武大郎勤劳，武松威猛阳刚，张大户有钱。

我想这有一定的道理。

但是四个类型叠加未免还是太复杂，我喜欢用动物来打比方。如果用动物来比喻的话，我眼中的好男人是狼，也是狗。

狼指的是男人要有狼性。你可以外表斯斯文文，但做事不可婆婆妈妈，当断则断，切忌优柔寡断。女人往往喜欢让男人做决定，这基于她们的先天因素。婆婆妈妈的男人，女人很难做到长久地喜欢。男人的本质是擅于决断，说一不二，干干脆脆。

狼是群居动物，通常七匹为一群，所以这个世界有了"七匹狼"。我想聪明的商家喜欢用这个名称，无疑也是代表了一种态度，男人不止一面，男人要对自己狠一点。与天斗与地斗与人斗，为了家里的女人和孩子拼命抵御生活的无常，为了生活的种种不顺心而忍耐，为了过上更好的生活，像永动机那样永无止境地拼。

我喜欢狼。因为不管是群居还是独处，狼都是充满战斗力，充满危机感，充满哲思的。那一年在大西北，我行走在陌生的荒漠上，竟觉得自己像一头狼，面对生活的际遇，突然有了一种超脱，目光似乎也看得更远。我庆幸那一刻的自己。

狼的优点很多。比如它真实，痛了苦了自己扛着。一个人孤独地舔一舔自己的伤口，重新出发。一个人笑傲江湖，简单、粗暴、野、残、贪、暴、勇敢、决绝、坚毅、狂放、自信、望眼欲穿、战斗力爆棚，荷尔蒙爆棚。

当然，好的男人也应该像一条狗，温顺、乖巧、忠诚、念旧、灵敏。也得为了女人，去匹配，去适应一些需要。毕竟，这个世界是由男和女组成，光野性没有温柔也不行，就像草原里光有狼没有羊，生态链也会失衡。

打江山难，守江山更难。很多男人在外面风生水起，春风得意，面子很大，牛皮吹上天，可是，家里的事情搞得一团糟，经常不回家，喝酒，打牌，泡吧，泡妞，吹牛，家里待不住，待了就觉得烦，烦了就吵架。这终归不好，不是真男人，体现不了男人的全面性。

女人说，你都好久没回家吃晚饭了。

男人说，我很忙啊。忙着应酬，忙着跑客户，忙着谈生意，忙着应酬。

女人想说，你哪有这么忙啊。又不是人民币，别人天天惦念着你。

可是他哪里知道，女人那颗孤独的心，一方面是想让你心无旁骛地拼事业，另一方面，她想要的是家的感觉。

她只想看看你的眼，你的脸，你不曾消失的自信，你对生活美好的向往。

女人最爱的男人是永远乐观向上的男人，给她带来快乐的男人。快乐，对男人来说有时候很难。因为要想给女人快乐，这个男人首先自己得快乐，快乐不能假装，他骗不了他自己。

聪明的男人，哪怕不快乐，也要在妻子和儿女面前装作很快乐，如果对家庭充满了爱，这样的假装女人很难发现。因为快乐一旦感染，没人会注意快乐里的细枝末节。传播快乐，是男人的担当。

做一只狗，也未尝不可。狗通灵性。在外面累了，在家乖乖地

红酥手

歇着，说些甜言蜜语，说话温柔点，女人自会好酒好菜好服务送上。狗有狗的待遇。

只要你忠诚，不背叛，不拈花惹草，知道她是你值得宠爱的主，不喜新厌旧，记得以前风雨同舟、一起吃苦的幸福，不要忘恩负义，反咬一口，那你在她面前终究是可爱的。她会喜欢把你带出门去溜达。

她会在空的时候常常这样想：他也不易。他为家奔跑，我为他做些什么？是不是不该那般任性，刻薄，习以为常，口无遮拦，自以为是。毕竟，他是我的宠物啊。我得对他好。

原来，他也是一个凡人啊。要做一头狼，又要做一条狗，多难。很多时候，他既像狼，也像狗。坚强的外表下，是也会脆弱的内心。看似潇洒的背后，却是不得不低头的很多个瞬间。

研究表明，女人懂得释放情绪，哭着哭着寿命反而变长了。可男人呢，所有的悲伤即使逆流成河，也只能来一句"问君能有几多愁，恰似一江春水向东流"。

做狼，是英雄。做狗，是宠物。好的男人，是狼和狗的结合体，是刀锋战士，一往无前……

先管好自己

恋爱是恋爱,结婚是结婚。恋爱如果两个人个性强一点,态度坚决一点,感情巩固一点,往往甜得发腻,鱼水之欢也值得回忆。

结婚却是两家人的事。讲究的家庭总会不自觉地拿对方家庭的身份、背景、健康状况、亲戚朋友圈、财富等作为比较,不自觉地突出"门当户对"四个字。恋爱的时候,再帅的小伙子也难搞定家境优越的对方家庭。

很多上门女婿跟嫁入豪门的漂亮女子一样,多半是有点憋屈的,除非他或她能首先通过优越的平台为自己赢得头彩,从而出人头地,否则总是不对称的,男人最怕被说成吃软饭,女人最怕被说成男人的寄生虫。

传统的观念对我们的影响无处不在。不得不承认,很多真爱也就毁在了现实里,说白了就是毁在金钱里。

心理学上曾对物质对感情的冲击做过测试,大体的意思是作为第三方,给你十万块钱,让你和女友分手,你的态度是决绝的。因为十万元钱努努力,一两年就能搞定。然后不断地加码,从二十万到一百万,甚至五百万到一千万。被测试的男女都动摇了,其中女人动心的比例更大。这或多或少印证了那句老话:男人好色,女人贪财。

是啊,结婚这个事烦着呢,但凡结过的人都知道,里面牵涉的事情是太多了。要在大体上求得一个平衡和圆满,真的不容易。

现如今交通发达,人口流动频繁,很多婚姻都是在异乡相识相恋相知相结合的。看过了也听到了自己身边的很多关于婚姻的故事,很多女子从很远的地方嫁到穷乡僻壤,过起了自己的小日子。

她们往往嫁人了以后,因为舍不得路费而很难得回家看看自己的父母,平日里的生活也是节衣缩食,忙着家长里短,忙着生孩子照顾孩子,忙得把自己忘了。每天还很急切而热情地盼望着孩子他爸早点回家,殊不知孩子他爸已经出了轨。

在婚姻里,女人要的是安全感,要的是这个身边的男人什么都懂一点,特别是知道自己想要什么。浪漫你总得要有一点吧,过节过结婚纪念日什么的,总要送点小礼物吧。两人吵架了,要知道谦让或者调和吧,你板着一张臭脸,自以为自己说的都是对的,还老是给女人上思想教育课,那女人的负面情绪会变得越来越低。

男人在婚姻里很隐秘地透露出要选"适合为他怀孕的女人",所以他重视女人本身的条件,比如健美、性感、漂亮,这些延伸出来的具体指标就更多了,比如三围,比如身高,比如有没有情趣,是不是有一种让人看了舒服的气质。

女人要选的是"能保护她和孩子的男人",所以她更重视这个男人是不是能对她好、给不给她安全感,所以只要这个男人本质好,对婚姻忠诚,有个安稳的工作,即使收入不好,为人老实巴交，她也觉得心安。

可是，不幸福的婚姻也有迹可循，也有共同点。作为男性仍然占主导，价值观的天平还是倾向于男人这一边的。现世来说，要想在婚姻里赢得长久的胜利，还是先管好自己吧，特别是女人，不对自己好，这世上对你好的人会越来越少。

这就跟生孩子一样，男人在一时欢愉以后就有成千上万个精子冲向女人的战场。绝大多数女人就因为怀孕，而让自己走进了一种走下坡路的生活。

女人喜欢逆来顺受。生理的特点决定了她对孩子的难舍难分，往往为了孩子、为了家庭把自己的好都给掩盖了，或者说自己的好随着岁月的流逝而被冲走了。

拖儿带女的，每天家里家外，仿佛就是自己的整个世界。在男人的谎言里，觉得带好孩子就是对家庭的最大贡献。不化妆，不美容，不瘦身，吃饭猛张嘴，走路一阵风，开口大声粗暴，像个女汉子，自己觉得很随性，男人其实却开始生厌了。

婚姻里的女人，不去学习，不去旅行，不去锻炼身体，不去美容化妆，不去了解男人的心思，注定会在婚姻里败下阵来。

因为男人往往更像是白酒，越陈越香。可女人能称得上葡萄酒的必定要有强大的内心，要对自己狠一点、对丈夫狠一点才能给男人源源不断的新鲜感。

今天在老家，听到一位已婚的女子说起二孩的事情。她的想法是一定要生两个小孩儿，我不以为然。看着她的两个小孩儿，以及那种以男人为中心的样子，我不禁感觉到有点悲凉，一股秋天的感觉涌上心头。

红酥手

　　她说男人要赚钱养家，带孩子是女人的事。我却很想说，当你成天在家带孩子的时候，你很可能也就失去了自我。一个女人，连自己的事业都没有，还想有掌握男人、对抗男人的钥匙吗？

　　也是在昨天，听到一位大妈级的女人在车上说：女人啊，要是总想着生孩子，那么生一个孩子，就让自己遭一份罪。我想说的是，一个女人如果不能拴住男人的心，而只是单纯地想为自己的男人生小孩儿的话，那她离失去自我就不远了。

　　这个世界，很多东西都可以学。婚姻说到底也是一物降一物。先管好自己吧，管好自己的身材、相貌，管工作、朋友圈以及那颗永远自强的心，多懂一点男人，这样你才会在时间的洪流里赢得男人对你的欣赏和虔诚恭敬的爱。

　　管好自己永不过时。

比女人更细腻

女人细腻也许是与生俱来的，和生理结构有关，也和社会期待与自我实现有关。她们的爱和喜欢都藏在细节里。爱情是一场持久战，是喜欢修炼到了一定境界而抵达的玉皇顶。喜欢一个人的时候，你会想着怎么让她更开心，而爱一个人的时候，你会想着怎么让她过得更好，少些烦恼。

爱情是一场持久战，婚姻是摆下的擂台，好比华山派对峨眉派，功夫随着时代演绎晋级，一辈子那么长，你要和女人PK多少回，才能分出胜负。你以为你赢了，可是往往是她大度，让着你。她看得比你透，只是会给你些面子。

女人心，海底针。可是有一条锦囊妙计，或许能在情感中屡屡受用，那就是要细心、细腻，注重细节，只有比女人更细腻，她才有可能会舍不得离开你，以柔克柔就是这个道理。女人如水，只能用大禹治水的办法来沟通，寻求过程中的破解法门。

而这种细腻，需要大体懂得女人心。夸一个人会说"识大体"，大体就是大概的规律，整体的趋势，全局性的判断，事物的主要矛盾。

女人喜欢拥抱。研究显示，充满爱意的身体接触会让女人更有安全感，更能感受到生活的获得感。情感剧里常常有丈夫和妻子在早上出门前的拥吻和下班回来后的抱抱，因为这在女人眼里是爱的抱抱。爱的表达需要具体和频率，爱在日常，才不寻常。

女人喜欢温暖的文字。她生日时手写的小卡片，结婚纪念日的短信，平时工作空闲的微信，或是恋爱进行时的情书，无疑是细节的最佳告白，最容易俘获女人的心。这年头，谁的时间都宝贵。可是愿意花心思，哪怕是装斯文的人显然已经很少了。情书，纸上写书这样的事情，不说出来还好，一说出来自己都不好意思，男人大多是不去做的。一来要字写得漂亮；二来要感情真挚又浪漫，这样才有情书的效果；三是信封要有意义，送信的时机要适合，场景要有氛围感，这样才令对方回味。在文字里，她看到了你的态度，看到了你的用心，感受到了自己被宠爱，我相信这样的信她会保存一辈子，不管你们最终有没有在一起。当然，如果有幸凑成了一对，这样的文字最好在她的一生里常常出现，便会感动常在，以免婚前婚后的反差太大。

女人喜欢小礼物。不是说女人排斥大礼物，她当然喜欢金银珠宝，更喜欢钻石，但是很多男人买不起，也舍不得买。于是，她只能根据你的经济状况，加上一颗愿意陪伴你吃苦的心，希望你能常常给她的平淡生活带来一点惊喜。她甘于接受现实，虽然心里也很高傲期待有白马王子，但是也容易在对她好的人眼中看到生活的小惊喜，不至于好高骛远，水中望月。春天里的一束鲜花，夏日里的一把小扇子，深秋时节的红丝巾，寒冬里的暖手宝，都可以四两拨千斤。

女人喜欢抚摸。抚摸额头，笑她的小调皮，是男人的一种性感。性感在于身材，也在于她眼中的那些性感的行为。抚摸她的玉手，告诉她为了这个家你辛苦了，她估计会热泪盈眶。抚摸她的脸，这是最深情的告白，因为你们可以在彼此的眼眸里看到一起吃苦的幸福。日子悄悄地过，你和他都为了生活日渐憔悴，过程中的点点滴滴只有你们能懂能记得，可是不知道从什么时候起，我们都难以做到仔细地看对方的眼，摸对方的脸，肌肤穿过手掌的瞬间，是爱路过的万水千山，浮想联翩。

女人喜欢依偎。在海边依偎，听见彼此的心跳。在电影院依偎，做个羡煞旁人的小女人。在她每个月的那几天依偎，暂时抛开生理的困扰。依偎是暂离红尘心可清，是轻舟已过万重山，是流水落花春去也，换了人间。

女人喜欢昵称。喜欢你叫她宝贝、甜心、猫咪，诸如此类。最好再取些新奇特的外号、雅号，以体现她和别人的不同，以体现你是以她为中心的。我在大学时的一位校友叫他的女友为小肥、兔小姐、白娘子。虽然有点酥麻，但总好比多数男人在婚后对老婆的那些枯燥直接的称呼，比如你妈、孩子他妈、当家的，简直俗不可耐，了无生趣。这方面，我们得向古人学习，向作家学习，他们在一本书里给人取名字可谓用尽了心思，至今被人沿用或变化着用。

女人喜欢幽默。她有时候说话难免生硬或强硬，但是你若能幽默地化解，那她对你完全是另一种态度，转怒为喜，甚至爱不释手。她不希望你和她对着干，她有时就想耍耍小脾气，看看你的反应，看你如何接招。她有时就是任性，因为她离开父母以后，任性的次数少之又少。幽默感是一种高级感，像雾像雨又像风，有了它，一个人会生动起来。幽默感的重要性，就像女人的身材对男人的诱惑力，是一种情调，一种浅浅的坏。

女人喜欢让男人做决定。她喜欢提出问题，提出建议，然后让男人替她做决定。女人的潜意识里，喜欢接受，不喜欢挑战，她们希望在爱情里做个指挥家，而不是冲锋者。如果一个女人找了一个男人，那个男人大事小事都犹豫不决，做不了主，那女人一定会觉得烦。她会想，我是找男友，找老公啊，却找了个学生，找了个问路的，安全感何来？这也是女人喜欢找年长男人结婚的原因吧，因为更成熟，更有主见，更善于决断。

女人喜欢细腻的男人，这是普遍倾向。当然，她更喜欢集英雄与宠物于一身的男人，临危时挺身而出，失落时一直在旁。

虽然这种细腻，对男人来说很难做到，女人却在用一生寻找，用耐心等待……

只做达令

小时候看电视，看到有个女人，把她的男人叫"达令"，而男人也回应"达令"，感觉怪怪的。后来才知道那个男人和那个女人都不简单，表达的词也别于他人。

婚姻中，有"糟糠之妻"一说，它是指共过患难的妻子。现如今，共患难的妻子有，但不多。女人，大可不必做糟糠，吃苦的过程能不参与最好不参与，因为苦味不容易被回味，甜味才值得。糟糠是粗劣食物，有年代感，太古板，你要做精致美味，让男人欲求不得，这才是最高境界。

好的婚姻，女人不必去为男人奔前赴后，忙前忙后。他的事情由他去，你只需负责你的貌美如花和秀外慧中。好的男人也不是由女人来改造的，他除了输血，也起码得有造血功能。因为，不是所有的女人都是宋美龄，也不是所有的男人都是蒋介石。从情感层面来说，我们回过头去翻之前的日历，他们的身上还是有一些爱情元素值得我们吸收。

宋美龄十一岁随二姐宋庆龄到美国留学，四年间，主修英国文

红酥手

学，选修法语、天文学、历史学、圣经史和辩论术，成绩优异，热爱体育，"德智体美劳"全面发展，可以说是360度无死角。1917年她回国，至1927年十年间，一直待字闺中。她看过的书，走过的路，见过的人，非一般女人能比，也超越了大多数男人，这让她对未来的另一半充满了期待，自然要求也水涨船高。她是最晚出嫁的宋家千金，三十岁嫁给蒋介石。晚婚的好处在于，你对男人的理解和对生活的选择更有主动权。你站得高，起点高，看得更远一些，有主动权，有优越感。

年纪太轻，你什么都想要，什么都容易接受。年纪长了，成了熟女，你知道拒绝，知道什么是最适合你的。婚姻的舒适感，就像棉毛裤塞进袜子的那份惬意。

宋美龄很清楚自己想要什么，她想过上流社会生活，想做现代女性并在社会中发挥能量。这样的想法，体现了她的勃勃生机。她在《申报》刊登"蒋中正启事"的单身证明，赢得名正言顺的蒋夫人称号，占据先机。其次，为丈夫筹钱，游说宋子文。再次，西安事变中冒着生命危险救丈夫。最后，促成蒋介石信基督教，达成精神共识。可谓步步有计划，步步相衔接。蒋介石也是在信中对宋美龄倾吐深情，我相信这样的深情是真情。他说："三妹待我之笃，而我不能改变凶暴之习，任性发怒，使其难堪。"后又说："三妹爱余之切，无微不至，彼之为余牺牲幸福，亦诚不少，而余不能以智慧、德业自勉，是诚愧为丈夫也。"又见："我一生唯有宋女士为我唯一之妻……"

女人，要想获得一个男人的心实属不易。年轻时，女人是自信的，有把握把他收入囊中，可是随着容颜衰老，她知道自始至终最难的，往往是获得一直的欣赏，尤其是获得丈夫的欣赏。因为，大多数女人没有认清自己，没有选对婚姻，也没有赢得最适合自己的舞台。婚姻，多半是在匆匆忙忙混混沌沌之时，做出的想当然的决定。

没有金刚钻，不揽瓷器活。当你不够强大的时候，怎么去和一个男人较量。你的共患难，并换不来他最长情的告白。

男人的自私通常比较隐蔽，不显山露水，以免让人觉得他太小家子气。很多女子都做不了宋美龄，听不到蒋介石口中深情款款的"达令"呼唤声，也喊不出宋女子口中的"达令"二字。

人生是一个长满蔓草的土坡，爱情是那滚烫的太阳。爱情也是一种道，惟恍惟惚。惚兮恍兮，其中有象；恍兮惚兮，其中有物。

《神仙传》卷二有《白石先生》记曰：白石先生者，中黄丈人弟子也。至彭祖时，已二千岁余矣。不肯修升天之道，但取不死而已，不失人间之乐。其所据行者，正以交接之道为主，而金液之药为上也。初以居贫，不能得药，乃养羊牧猪，十数年间，约衣节用，置货万金，乃大买药服之，常煮白石为粮，因就白石山居，时人故号曰白石先生。亦食脯饮酒，亦食谷食。日行三、四百里，视之色如四十许人。性好朝拜事神，好读《幽经》及《太素传》。彭祖问之曰："何不服升天之药？"答曰："天上复能乐比人间乎？但莫使老死耳。天上多至尊，相奉事，更苦于人间。"故时人呼白石先生为隐遁仙人，以其不汲汲于升天为仙官，亦犹不求闻达者也。

天上有天上的好，人间有人间的妙。不凡人的爱情和平凡人的爱情，都有可歌可颂之处。林语堂说，人终其一生，无非就是在不断探知自己的人生到底应当有什么样的意义而已。很多人都逃不过爱情，患得患失之间对人生也产生很多纠结，怀疑的皱纹渐渐爬上额头。会时常想，那些甜言蜜语到底有多少纯度，我喜欢的茶是不是装在了合适的杯子里。

当然，现世安稳，男人大可不必千辛万苦，在事业上披荆斩棘才能赢得女人的芳心。

一个对风花雪月充满想象太久而忘了沿路跋涉的人，魅力很难持久。婚后的女人，对爱的要求有时也很简单，老公孩子热炕头，头痛时的一杯热水，出门前的一个拥吻，足以让她甜蜜一整天。

所有的爱情，都是基于欣赏，源源不断，发自内心的欣赏。

共苦虽好，但同甘才是爱情最佳的保鲜膜。

女人，你不是礼物，不需要包装，只需清水出芙蓉，天然去雕饰。在情感的 SPA 中，调入玫瑰、薰衣草、罗勒、佛手柑、迷迭香等不同的单方精油，便会糅合疗效，散发香气，芳香致远。

打拼交给男人，精致交给自己。

丁卷 爱有道

此刻，最动听

都说成功男人背后有一个默默付出的女人，女人的贤惠与包容会令很多男人心无旁骛地在外拼搏，驰骋江湖，继而收获成功。

人是交流的动物，男女之间的情感交流是相看两不厌的基础。男人通常在婚姻里话并不多，回家后喊累的居多，没有两句能打动他的话，他是不屑于跟你沟通的。

女人是擅于沟通和说话的。之前看过一则报道，大意是说，以后的时代对沟通的要求会很高，因为大家对网络、手机、电子产品的依赖度不断提高，每个人都沉浸在自己的世界里，如果谁掌握了最核心的沟通术，就能生存得更好。我相信这不是危言耸听，但在婚姻里这个头需要由女人来带。

我也是一个话不多的人，不知道什么时候开始努力践行那九个字：话不多，事不拖，人不作。话不多是排在第一位的，因为没想着说那么多话，说了也白说，那就少说。话不多不代表不快乐，安静或孤独，也是一种快乐。

有些男人本身就很闷。而有些男人，内心有千言万语，却沉默于对现实的无奈和思考。从心理学的角度而言，每个人都需要有情感认同，而这种认同是对对方的理解、尊重、欣赏、换位思考和目标协同。这几句话，经常对他说说，他会觉得很动听，会潜移默化改变他和你，以及你们之间的关系。

第一句：老公，你真棒。喜欢甜言蜜语的不光是女人，其实有时候男人比女人更虚荣，特别是在自己所爱的人面前，一句"你真棒"完全可以让男人赴汤蹈火，在所不辞。有些女人不工作也不做家务，老公却对她宠爱有加，就是因为这女人在人前就给足了老公的面子，让他觉得自己的高大，并有信心做得更好。

第二句：我会永远支持你。能够理解男人并支持他的决定，对男人来说无疑是一种福气。这样的女人并不多，更多的是对老公挑三拣四，不是抱怨不够体贴，不够浪漫，就是抱怨不够上进，赚不到钱。女人总想在感情里控制男人，让男人听她的话，可是男人也这样想啊。聪明的女人只需做好自己，并时常鼓励男人，做他身后的军师，让男人知道你都是支持他的时候，他没有理由不把自己想做的事情做得好一些。

第三句：你是一个好男人。好男人和好女人的标准是什么，永远没有标准。往往是你觉得好，就是好。十个男人，七个傻，八个呆，九个坏，还有一个人人爱。真正的好男人应该是个混合体，好的时候好得让你发软，坏的时候让你欲罢不能，什么都懂得一点，又什么都在学。假若你给他贴上好男人的标签，他会觉得自己的使命就是做个好男人，虽然男人们天生花心，但其实没有一个男人愿意被当成坏男人。

第四句：你是一个成熟的男人。女人大多不希望被人说成熟，因为这种成熟在她们的理解是年纪大了。而男人，总是希望女人评价他是成熟的。这种成熟就是不带小孩子气，有担当，有积累，有阅历，稳重又可靠。一个真正成熟的男人会懂得取舍，会用心构筑他的家庭与婚姻。所以，当一个女人说男人成熟时，这种对人格的肯定会让他变得更成熟。

第五句：我会永远爱你。这句话虽然有点假，但是若是从爱的相处时间来说，一辈子或许就是永远，能够一辈子已经很不容易了。男人也喜欢听"我爱你"三个字，这三个字也可以是"我恨你""讨厌你""你真坏""臭男人""死家伙"等等。爱需要大声说出来，也需要用行动去对应这种称呼，所以男人们听到这三个字时，在高兴之余想到你时，就得提升自己的魅力，让她爱之无悔。

这是女人的说话。男人的动听似乎会更难一些。他要把话说得好听又自然，是不容易的。女人是检验标准。在现实生活中，因为男人不好好说话，她听了不舒服而导致的感情或婚姻战事升级不在少数。佩服的是电影《河东狮吼》里的台词：从现在开始，从今以后，我只疼你一个，宠你，不会骗你，答应你的每一件事情，我都会做到，对你讲的每一句话，都是真话。不欺负你，不骂你，相信你。有人欺负你，我会在第一时间来帮你。你开心的时候，我会陪着你开心。你不开心，我也会哄着你开心。永远觉得你最漂亮。做梦都会梦见你，在我心里只有你。

很多时候，女人不是不懂得谎言，而是愿意沉醉在男人对她的态度里。这让我想起了一对朋友，她和他都算我的朋友，认识的时间也相差无几。男方耳根比较软，但是嘴巴很硬，在两个人相处时是听不到好话的，因为他的好话都是以自己为中心，旁敲侧击地标榜自己。女人说出一个观点，他立马进行反驳。好在她也看得开，心胸宽广，没往心里去。我之前曾在俩人面前公开调侃：你幸亏有了这个左耳朵进右耳朵出的老婆，不然很难讨到老婆。

这话如今回想，也不无道理。每个女人爱听好话的程度会超过男人，她们更在乎交流和理解。可男人有男人的心事，他回家后可能就不想说话，想静一静。于是，奇怪的是女人不理解为什么静静就能解决他们的烦恼。为难的是，对于大多数女人而言，你话说得太动听了，她觉得你心怀鬼胎不正常。你不说话了，说你打冷战，冷漠，无情。女人有一项本事，就是能在你的每一个字里分析出你的过去、现在和将来，并抓住其中的某一个字词，转投到自己的情绪上，继而折射出关于她对你的回应态度。

都说做人太认真了不好玩，但是对待女人，尤其在说话这件事上最好还是虔诚一点。最好听的话留给最爱的说，才会让彼此变成最爱的模样。

戊卷 爱心理

那一瞬间
我多想成为一条鱼
有化龙的可能
我也多想
成为温热碗底的
天圆地方的
某种图腾
风成了
我最牵挂的人
踮起脚
打磨
最无序的年轮

红酥手

两种爱

爱有很多种，不妨大道至简。

窃以为女人可以囊括两种爱，一种是"恋爱"，一种是"母爱"。

"恋爱"表现在女人沉浸在爱情中的活力、激情和无所畏惧，如初恋少女，不舍昼夜，精神抖擞。

"母爱"表现为她想在爱情里充当皇太后的角色，喜欢"管事"，喜欢垂帘听政，只要你按照她的意思来，所有的事情她会为你考虑，为你安排好，并享受付出后有所得的感觉，心甘情愿，累也不说累。

按照这个来划分，不妨将女人分成两种，一种是喜欢小鲜肉的，一种是大叔控，分别对应两大年龄段。也许你会说，还有一种是同龄人的欢喜，但同龄人的欢喜太寻常，没有研究的意义，也体现不出女人的特点。

很多女人都喜欢在爱情里当一只小猫，被宠着，被甜蜜包围着，这就是猫性，慵懒而迷人。就像她喜欢的甜食，喜欢的包包，喜欢的小饰物，喜欢的小温暖。这些女人是属于恋爱型的，只要男人对她好，把她当宝贝宠着，就很开心。她们喜欢晒幸福，秀恩爱，喜欢撒娇，喜欢发嗲，带着一股小清新、小可爱，走的是萌萌哒的路线，像天山童姥童颜未老童心未泯。她们的心情，随着身边男人对她们的态度而变化，有时候幸福感满满，有时候又容易秒入伤心太平洋。

恋爱型的女人是大叔控，她们喜欢成熟的男人，喜欢有点男人味的男人，甚至喜欢大男子主义的男人，只要这个男人不霸道，不家暴，不反复无常，男人的果断和勇敢，都会让她们引以为豪，发自内心喜欢。就像《水浒传》里的潘金莲，说到底还是喜欢武松的，尽管这样的喜欢有悖伦理，但真实的是在于符合女人的本性。况且潘自认为她有的是娇媚，缺的就是一个好的驯兽师。最好，这个驯兽师要懂得点风情，是武松和西门庆的结合体就好了，有物质条件，也有身体条件。

恋爱型的女人带有恋父情结，她们喜欢成熟的、稳重的、征服式的情感。或许在童年的记忆中，父亲带得不多，因此对其有了心理认同，长大后的婚恋观不由自主地往此靠近。现实生活中，你不难发现，很多年轻的女子都手挽着年长一些的男子，画面很和谐，爱意满满。一个怜香惜玉，一个小鸟依人，若是有机会靠近女主角，她一定会跟你说年长点的男人更可靠，有安全感。这来源于她的原生家庭，一方面是父亲的长期"缺位"，另一方面她也在心里潜意识地希望找一个类似"父亲"的角色来弥补心中的缺憾。

母爱型的女人喜欢小鲜肉，她们喜欢照顾人，喜欢心疼人，容易被忧郁或是沧桑的男人所吸引，这种吸引其实是内心浅浅的同情和包容心。她看不得眼前的男人过得不好，受委屈，面临生活的压力而手足无措。就好比,一个女人看见孩子饿了,哭得很伤心,总想用自己的奶水去停息他的哭声,给他以安慰。这是女性的另一种慈爱,和我们常规意义上认为的慕强心理不同,她天生有悲天悯人之心,一旦某个男人激起了她的保护欲、怜悯心,那"母爱"便会泛滥,承接下来来往往的所有种种。

身边的男女及恩恩爱爱,你若有心,大抵逃不过这两条线。一条线好似欢喜冤家,另一条线则是一言难尽。在爱的人眼里,这个世界上最重要的事是爱与被爱。恋爱型的多是主动的爱,母爱型的多是让被爱的人感受到爱。

《红楼梦》里有这样一段,(林黛玉)不想刚走来,正听见史湘云说经济一事,宝玉又说:"林妹妹不说这些混账话,要说这话,我也和她生分了。"林黛玉听了这话,不觉又喜又惊,又悲又叹。所喜者,果然自己眼力不错,素日认他是个知己,果然是个知己;所惊者,他在人前一片私心称扬于我,其亲热厚密,竟不避嫌疑;所叹者,你既为我的知己,自然我亦可为你的知己,既你我为知己,则又何必有"金玉"之论哉;既有"金玉"之论,也该你我有之,又何必来一宝钗呢?所悲者:父母早逝,虽有铭心刻骨之言,无人为我主张;况近日每觉神思恍惚,病已渐成,医者更云:"气弱血亏,恐致劳怯之症。"我虽为你的知己,但恐自不能久待;你纵为我的知己,奈我薄命何!——想到此间,不禁泪又下来。待要进去相见,自觉无味,便一面拭泪,一面抽身而去了。

宝玉和黛玉的爱情,显然是曹雪芹有意安排的。这既有曹自身的成长轨迹,也是他对爱情的一种描述。书中的人物包含了人性中所有的简单面和复杂面,书中的爱情也对应了各种纠缠和形态。宝玉和黛玉，既有恋爱型也有母爱型，可是在当时的环境下，作者让他们少开口说话，这和每个人对人生的那种既想入世又想出世的境界不谋而合，只是过程中难免患得患失，主意未定。看破不了红尘，又想摆脱尘网的束缚，写出了矛盾的感情世界和真实的人生体验。

爱情，最真实的状态也是两者的交织。没人能彻底摆脱一种形态归结于另一种形态，只是其中的权重决定了其倾向性。这就好比内向和外向，往细里去追究，就分不出内外了，但是整体的表现总能归结于偏向那种类型，这样的定义本身也没有错误。

母爱型的女人自我性格上属于女汉子，但内心细腻，情感脆弱，她们喜欢用自己的胸怀和付出去让男人感受她的爱，继而爱上她。在过程中又喜欢遮掩内心的脆弱，以求形象的持续。恋爱型的缺点也会随着时间规避，走向母爱型。因为女孩总会长大，当她在爱里受过伤便不再苛求被男人保护，她知道只有自己才是自己的帆，自己掌着自己的舵。

女人的爱，解释权总在女人的心里，男人傻傻分不清楚。

红酥手

为什么要结婚

之前有一位美女试图和我探讨为啥结婚,我想,她定是有了困惑。能和我聊几句,愿意听听我的想法,想来也是一件值得开心的事。最起码是把我当朋友了,愿意深入交流的那种。

于是,想公开地说说结婚这件事。为什么结婚和为什么活着一样,这个问题真的很难回答。

有人说,为了爱,但是爱是什么呢?爱是一个变化的动词,它是现在时,是将来时,也是现在将来时。

有人说,为了不孤单,但是孤单是什么呢?孤单是一群人的狂欢,也是一个人的落寞,更是知音难觅,心事无人懂的自我行走。

有人说,为了生小孩儿。的确,看到别人膝下承欢,自然免不了俗,想看到自己的基因在孩子身上无时无刻不在体现。

也有人说,结婚是爱情和现实的结合体。有人追你,你愿你被追,愿意接纳,自然而然走入婚姻殿堂,于是稀里糊涂结了婚。

没有人很确切地说明得了为了什么而结婚。结婚,往往是从众心理,只是这个从众的群体太大,历史太悠久,根基太深厚。它是我们血液里流淌的基因，也是与生俱来的一种意识。

你不结婚，别人会认为你很差劲，或是身体有问题，或是脑子有问题，如是而已。这样的认为在传统的小地方较为常见，因为对父母来说，男大当婚女大当嫁是没有讨价还价余地的真理。女子在被人追求，而自己的选择又心满意足时，踏入婚姻殿堂的那个瞬间的美好就像整个世界为自己做了一次配角。

可是，没有结婚的人也并不是没有。受个人阅历、知识结构、信仰等因素的影响，不婚族的比例在增加。她们或他们的内心都太强大，看得也够明白，经济上完全可以自给自足，没有生孩子的强烈紧迫感，对情感的质量要求太高，在有限的时间里，在对的时间却遇不上对的人，于是宁缺毋滥，于是宁可单着。

每个人都恐婚，女人表现得尤为明显。现在的女子见识都广，经历得也多，对男人早就练就了火眼金睛，一般的男子很难入法眼。她们的一生，追求的是以她为中心的男人。而大多数的男子，都难以做到以对方为中心。事业要拼，情调要讲，语气要缓和，态度要真诚，要觉得她是这个世界上最美的，最特别的，多难啊。

从女人这里看。她们一方面想被人追，没人追觉得难受，面子上过不去，心里期待又处于矛盾焦虑中；一方面，又在不断地挑，挑男人的身体，挑他的三观，挑他的内心世界，挑他的智慧，如果有哪一条合不上，便极有可能把他整个人给否掉。女人是牵一发动全身的动物，也是容易一叶障目的动物，她们的选择多半感性，但往往具有超我的能力，可以从当下感知未来。她们从自己的父母身上去发现自己的取向，却又极不情愿地想要一种完完全全的安全感，不是三五年，不是十年，二十年，而是一辈子。

结婚的理由，往简单了说，是为了繁衍，为了生活，为了有人分担，为了过得更好，为了不孤独，为了幸福。

可是往复杂了说是到了年纪，男大当婚女大当嫁，是稀里糊涂奉子成婚，是一个人单久了只羡鸳鸯不羡仙，是他还不错对我挺好，是再不结婚我就老了……

在我生活的朋友圈内外，晚婚的挑婚的人逐年增加。大约三年前，我还跑到外省去参加一个老同学的婚礼，她说年年被父母催婚，也没办法了。后面发现工作了之后，对男的要求好像也下降了。相亲了很多回，发现每个男的都差不多，都喜欢吹牛，喜欢画蓝图，做得永远没有说得那般好。她说，也许男人们看我们女性也一样吧，结婚就是搭伙过日子，谁都有毛病，谁都有偷懒的时候，就像再有水平的厨师，也总会有几餐心不在焉的时候，不是淡了就是咸了，或是少放了关键的作料。地久天长的，总会乏味，走向波澜不惊，走向平凡寂寞。

结婚和生存一样，只要存在就会有后悔。没人会说自己是不幸福的，但是在婚姻的背后谁都是有本难念的经，和经常发生的一地鸡毛。

婚前是浪漫，远离柴米油盐酱醋茶的浪漫，婚后就像游戏，得遵守规则。不再是两个人，还有孩子和家庭，还有背后交织蔓延的各种关系，都得牵扯好，经营好，维护好，那是很多双眼睛，需要如履薄冰。哪怕一开始是出于喜欢，出于爱，但是在日久天长，在鸡毛蒜皮的小事里，谦让，忍耐，顺从，智慧，培育和经营都显得无比重要。

不知道是谁说过，女人之间没有真正的友谊。但与之相反的现象是，女人结婚后闺密反而不会减少，除了原有的，会更圈一些粉，如麻将粉、瑜伽粉、旅行粉、逛街粉，等等。女人不结婚是因为到了一定的年纪，对家庭的向往，对子女承欢膝下的期待与日俱增；男人不结婚是因为你实在不够好，在爱里的信心不足，少了年少时的那股子闯劲与韧性，你对个人的价值徘徊不定。这些也许是潜台词，却客观存在。

女人终究是要靠一段婚姻，来解释掩饰她内心的空虚感，因为即使她过得不好，但至少可以假装鲜艳。没有人愿意或是有那份闲心走进她的世界，每个人都有自己的事情要忙碌，要去对付。

男人也终究要靠一段婚姻，使他征战远方心无旁骛。婚姻是他的大本营，有粮有草，有个疲惫时安放心灵的窝，让他不必时时刻刻提心吊胆，既要抵制流言，又要假装坚强。

结婚，对于男女双方来说，都是在演绎爱的进化论。因为真正的爱是扶持而上的，婚姻不应是爱情的坟墓，而是双向奔赴，彼此成长，经久回味。

红酥手

爱要坦荡荡

爱情太复杂了，一部小说也写不完。里面涉及的人物和剧情太多，每个人都是导演，也是演员。

爱经不起折腾，很多人在爱情面前畏畏缩缩，以至于错失了美好。这样的情况，每个年龄段都在发生，每个人都或多或少有类似的感受。

有一年，报纸上报道了一个八十三岁阿姨苦苦寻觅半世纪前初恋的故事。她和他是同学，她想通过他找到他家里的大哥，而那个大哥就是她的初恋。当年她和他青梅竹马，他去了沈阳当兵，当时年仅十七岁的她也毅然报考了东北当地的一所高校，两人互通书信，感情一下子拉近。

至今她还记得那一个周末，他来看她，一身军装，英姿飒爽。有一回，两人去看电影《小二黑结婚》，开场后灯关了，他悄悄握住了她的手，她心里甜甜的，这是他们离得最近的一次。后来，两人莫名其妙吵了一架，开始冷战，他再也没来信，也没来宿舍看过她，她心里怄气，也不理睬他。再后来，她结婚了。结婚那天，他来了，送了她一条绣满小花的毛毯作为礼物，转身走了，只留下一个背影……

这是她最后一次见他。半个世纪过去了，如今的阿姨已是耄耋之年，可心里还是念念不忘她的初恋，想知道初恋过得怎么样。这样的感情在大千世界里我相信有很多，电视剧里更有不少。可艺术无非来自生活，生活里的故事其实就是每一个自己的故事。我们被故事感动，在于故事里能照见自己。

女人对初恋的记忆和怀念是刻骨铭心的，和生孩子坐月子一样，点点滴滴都会记得。这除了有心理因素在，更重要的想必是那样的年月，那样的人，此生不再会有第二个了。他是她那个阶段的"唯一"，哪怕后来有再多的爱，更好的爱，可是过了那段最好的年龄，感觉已然有了不同。就好像每个人都喜欢怀旧，对童年时的美味念念不忘一样，过了那一站，就再也回不去了。

爱情也在一念之间。有时候，一转身就是一辈子。年轻时，我们总觉得有大把的时间可以挥霍，当遇到喜欢的人时却放不开手脚，犹犹豫豫，因此错过了一些姻缘，只能扔在记忆的湖里。

听一首歌，歌名就叫作《爱要坦荡荡》，里面这句歌词对我的触动最大：我要你的自然，不要装模作样到天长。要你很善良，就算对我说谎也温暖。这就揭示了一个爱的道理：坦坦荡荡，一往无前。

女人多半含蓄，即使对一个人有好感，直接表露的可能性总是很小，一方面是比例小，另一方面是暴露的机会小。她有她的小心思，她会觉得自己太主动不好，至于过程中你来我往的较量无疑是为爱增添一些趣味性。她也是一个教练，一个裁判，对方是不是真

红酥手

诚坦荡，无非是花点时间和用点心就能领悟的。

坦荡荡的爱应该怎么样。在熙熙攘攘的大街上也敢于把自己的真情实意表露出来，公开给她惊喜，公开牵着她的手，公开让她觉得是个公主，即使偶遇她或他的朋友都有羡煞旁人的资本。

看雪小禅的《刹那记》，里面却讲了另一个观点，就是"私密"：只有自己知道，宁可烂在肚子里，我喜欢一个人，讨厌一个人，都不说，我看到了很多，亦不说……可是，亦有隐秘的快乐，因为，私密有很多不可告人，就这样老死在心里，就像老死在江湖吧。我喜欢这样的人，守口如瓶，打死也不说，即使他醉了酒，即使问了又问，对爱过的女子，只字不提。那真是一种境界。

这样的观点以女性的角度出发，对男性提出了隐性的要求。但是生活中的多数女子都是听觉动物，也相信男人的承诺，更愿意在爱里看到坦坦荡荡、大开大合的一面。你磨磨叽叽，犹犹豫豫，那到底还要不要谈恋爱了，还要不要这段爱了。有时候支撑你走下去的不光是感情的初始状态，而是对感情的信念。

我一个朋友，条件一般，对女子的要求挺高。通过相亲认识了一个女子，那女子体型较大，话不多，其他看起来还好。在追求的过程中，朋友总是半推半就，一忽儿态度明朗，一忽儿情绪低落，后来就听介绍人告知说，女孩子对他没感觉，总觉得是忽明忽暗了，女孩子没感觉到他有男人味，畏畏缩缩的。于是，他也知趣地退了下来，一段感情开始没多久就走向没落。也许，爱情也像西落的太阳，起步时已经是下午了，总难免越走越暗。

故事之外，有人想起了曾经的美好，有人是无尽的懊恼，有人说时代带不走少女时期的爱情，女人们都在心底保存着过往的点滴。

还有人说，相爱就要大声说出来，要珍惜爱的人。我想不管怎样，女人的心思绝对比男人细腻，男人需要在爱情中冲锋陷阵，也需要大大方方说出你的爱。当下的善男信女，一方面需要安安静静，另一方面却需要更多的交流和沟通，没有真情实意，百分百投入地表达，一个人未必能了解一个人，理解一个人，走进一个人的心，继而让一段感情走向草木茂盛，漫天霞光。

爱就爱了，你爱他，她爱你，千万不要一个拐弯抹角，一个不解风情不理不睬。你可以不在公开的场合去表露，但在相处的空间里，要让她觉得她就是圆心，你围着她在转圈。这一剂相思药，苦的也好，涩的也罢，你都会痛痛快快地喝下，像人间的销魂散，九曲断肠苏，要吃了再吃。谁让，良药苦口利于爱。

只是坦荡的事，需要由男人来做。

她一个女子，怎好风风火火，无遮无掩？

这世间，唯有坦荡荡的爱，能占得先机，打开新局。

红酥手

救哪一个

结过婚的男人，大约都被问过：我和你妈同时掉水里，你会先救谁？爱之初，此问倍感压力，想必当时无语凝噎的不在少数。

如今若再有此问，回答的版本会有很多，因为先救哪一个，怎么救，确实需要从实际情况出发。

以下以我会游泳为例，做些解析。

假设1，结论：谁离我近，我先救谁。妻子离我近，我先救她。老妈离我近，先救老妈。这样，成功率会高一点，运气好的话，抢抓时间，两个都能得救。

假设2，结论：谁容易救，先救谁。有些人在水里紧张得要命，你去营救了，她也是死命捆住你的脖子不放，这种情况你自己的小命也会不保。

假设3，结论：先救母亲。从孝行来说，母亲有难，身体发肤受之父母，养育之恩无以回报，所以果断地施救吧。

假设4，结论：先救妻子。这个是妻管严型的范本。天大地大，另一半最大。陪伴一生的人，不得不先救，没了她只能孤独到老。

假设5，结论：妻子会游泳，协助丈夫救老妈。妻子为了瘦身，练就了一身游泳本领。夫妻二人合力，联合行动，救下亲妈和他妈，皆大欢喜。

假设6，结论：先下水看两人的情况，谁更紧急先救谁，同时等待好心人见义勇为，一起营救。

女人的好奇心和求知欲是循环往复，就像在爱情里的提问，看似漫不经心，其实早有预谋。如果你的回答不能让她满意，她会觉得你不爱她，然后会觉得你怎么这么笨，我怎么找了这么一个男人。

女人不喜欢油嘴滑舌，但还是喜欢能言善辩，能自圆其说，并做出合理解释的男人，最起码他展现了一种态度，想在她面前赢得好感的态度。但是，很多男人难以做到对女人的提问时时刻刻感兴趣并用心回答，因为一问一答常常是不在一个频道，她所问的或许是在试探某些问题，而你回答的却暴露了你的某些问题。这样的例子不大好举，但聪明的女人往往心领神会。女人的问题就像十万个为什么，你总会答不上，答不满意。答对了第一阶段，紧接着的提问就是陷阱了，很容易让你陷进去，她们或许在骨子里有一点窃喜于你无可奈何又焦灼的状态。

对于"我妈和你都掉进水里，你会先救谁"这样的问题，我认为还是不要问了吧，这种人性的拷问没有意义。因为没有最佳答案，不同的人有不同的见解。女人的这个提问衍生出来的思考，的确是值得男同胞的关注。毕竟，她的提问往往不在于问题本身，而是画外之音。

谈恋爱时，她会问你为什么不找女朋友，在提问之前，她已经

红酥手

掌握了你的情感状态,这样问无非是想知道你和她适不适合,你目前单身的原因是什么,以及你理想中的情侣是什么要求。她也会问她穿的衣服好不好看,这就是试探她在你心目中的位置,对她的留意程度,想听到真诚的建议和赞美。这样的提问相比"你救哪一个"显得更加取向具象化,有走入"共同生活"的意味,因为她没有让你的回答变得为难,只在乎你的回答用不用心,过程中是否对她足够关心。

刘墉说了爱的三种境界。第一种是恋爱中的男女。血气方刚的时候,追求的是另一半,要的常是对方的全部。那爱是炙热燃烧的火,以最大的愿望,期盼对方跟自己一起燃烧。结婚之后,有了孩子,这是第二种。此时,爱的烈焰变成文文的炭火。没有熏人的黑烟,没有炙人的火苗,夫妻成为守炭火的人,适时地拨一拨,适时地把自己投掷下去,只为了火要维持。第三种是儿女有了家,夜色中望去,他们一家围着红红的炭火,相互倚靠着,剩下老两口前面的火默默暗淡。女人的提问多半发生在第一种,以及婚后不久的几年里。随着时间的推移,各自的心事增加,家庭琐事缠身,彼此都会心生倦意,一方不会那般有千奇百怪的提问,另一方也不会毕恭毕敬地回答。一来二去,彼此心照不宣,她和他都知道,最开始时的"你救哪一个"的提问是那般有趣,在平淡的生活里激起了一层浪花,让人感慨过去的美好,好像除了笑一笑之外有了鼻子渐渐发酸的感觉。原来,是彼此的年岁都大了,两鬓有了刺眼的白,像一道道白月光照进无眠的夜里。

孔子说,君子可逝也,不可陷也;可欺也,不可罔也。意思是说,君子可以牺牲他的生命,但你不能设局为难他;你可以欺骗一个君子，但不能用这样的难题戏弄他。年轻时，女人喜欢用各种各样的方式去探究男人的心，一个眼神，一个动作，一个表情，一句话里的字词，都是探索与发现的利器，从中发现端倪，领悟玄机。很多过往的问话，多年之后再回头，不过是一个个梦境。女人们的试探，有其深厚的原因可以分析，可能是不一定做得好，可能是不让女人放心，又或是容易引起女人的妒忌。我想，如果《山海经》里的兼爱之兽真的存在的话，倒不妨让女人们有机会吃了它的肉，不求长生，只求不会妒忌。

　　婚姻也好，恋爱也罢，都是情的两大表现形式，自然也有它的度量衡。都说好奇害死猫，在情感中不该问的别问，无聊的话别提，逼问下的应付性的回答，只会让对方厌烦。

　　于是，对女人来说，你大可逛自己的街去，做自己的护理去，哪怕去闲聊也好，对象最好少牵扯进男子进来。

　　要想自己轻松，关系和谐，不妨给自己一些时间，给对方一些时间，各自静一静，各自忙各自的，他会感激你，自然会在心里更认可你。

红酥手

我理解的女人

时间不早了,此时的窗外,月明星稀,一天走向沉寂,这世上大多数的女人都睡觉了,她们多半懂得保养,既发自自我,也渴望异性的温存。

毕竟,爱是最好的护肤品。

女性是一个神秘的物种。古往今来,环绕在她们身上的话题总是永不停歇。也许男人对女人的好奇和女人对男人的好奇是一样的,只要彼此存在,这样的探究会永远存在。她在古老的传说神话里,是天使,也是魔鬼的象征。被神化,也被妖化。有人说,女人如水。也有人说,红颜祸水。

老子说,上善若水,照此,女人则是上善。可若是坐怀要乱,女人的好在男人眼中就成了洪水猛兽,吞噬了他生命的光泽。老子又说,柔弱胜刚强。这意味着守静、温婉的女性比冲动、刚强的男性高明。说白了就是男人征服世界,女人征服男人。与男性相比,女性更具有包容性,她们不会偏激,对事物更为圆融,所以在沟通上会更顺畅,处理细节会更为妥帖。但是女人又极为复杂,这种复杂主要体现在情感上。这情感包含的内容很多，有女人之间的友情，有女人与子女间的感情，还有女人与配偶之间、女人与异性之间的感情。

对于女人，靠码字为生的很多大咖都有不同的描述。男人站在男人的角度，女人站在女人的角度。王小波说，只要你眼神没问题，每个男人都是喜欢长得好看的女人。林语堂却对女人充满了敬意，浓墨欣赏。他觉得女人有很强的直觉，她们能够看穿一切矛盾、浮华和浅薄，在她们的重感情轻理智的表面之下，往往更能抓住现实。她们了解男人，反过来男人却不了解女人，这很让人失望。

如果说，男人对女人的评价是性别差异的话，那女人对女人的评价显得会更理性。张爱玲说，男人们统治的世界是糟糕的，如果让给女人的话，或许会耳目一新。就如一代女皇武则天，她治理国家的水平并不比其他男性帝王差。同样，很多女性在自我延伸中也用事实证明，她们对待人类繁衍上的认真以及挑选丈夫的全面性而言，无疑是一碗水端平的，既考量现实也放眼长远。女人挑选丈夫，也留心相貌，但不会像男人那般偏颇，会注意智慧、健康、学识、素养、风度等诸多方面。

在我的生活圈里，女人依然是复杂的动物。当然，在家庭方面她们值得被称道。稍微一想，就能想到，有些为人妇的女人对自己的小孩很有爱，这是骨子里流淌的好传统。不过有些女人对儿子的感情像恋子情结。她们把自己的儿子当小情人，会很控制不住地想让他人知道母子之间的和谐、甜蜜。甚至渴望儿子给她带来安全感，这样的情感不宜投入得过多，多了以后反而不利于孩子的成长。同样,在我眼里,不能理解的还有女人与女人之间的感情。表面上风平浪静,但往往话里有话。这种关系,我想起的是那句"女人之间没有真正的友谊"。当然,若是有,这种关系要么是亲姐妹,要么是这两个女人的生活处境,还有她们的家庭(丈夫)比较匹配。试想,一个老公在厂里打工,一个老公是机关干部,纵使原先她俩再亲密,也会因为老公的影响而疏远。这样的疏远关乎名誉、地位,也隐含浅浅的财富观。

至于女人与配偶之间的感情,是七上八下的。有些女人找了个不爱的男人,但只要这个男人顾家对她好,她还是会守着安稳的心态过日子,她在心底期待这个男人会变好,就像期待生活会变好一样。但若是有小插曲,那就是她爱的这个男人出轨了,如果她权衡了利弊后,总还有让步的空间。让步是为了小孩儿,为了家庭,为了抵御自己的不确定性。可是最常见的情况是,光阴蹉跎,彼此都习惯了,也厌倦了,就凑合着过,风花雪月都各自留在青葱岁月,任凭雨打风吹去。

还有最后一种,是女人与异性之间的感情。

这个异性,可以是陌生人,也可以是通过熟人认识的男子。她们往往会青睐于不同男人的不同魅力,继而对照自己的另一半,并渴望在这些男人之间找到蓝颜知己,一诉凡心烦事。而这些男人,扮演的是大哥、暖男、排气筒、放生池的角色。她们的界限很清楚,很多人以为在这个过程中会有暧昧,但是多半的暧昧是假象,或许是为了刺激彼此进一步协调或是引领你对她感兴趣的导火线。我相信女人有这样的功能,让很多男人对她产生兴趣,她却可以随时抽身。当然,抽身之余她关注的是真正有可能长期持有额股票,当然前提是她愿意去投资，去关注这样的行情。

  女人的难懂在于，她每时每刻都在细微感知这个世界，耐性惊人。可以很浪，却不轻浮；可以很闷，却很大胆；可以很媚，却很保守；可以很痴，却很决绝。

  女人比较会"算账"，一笔一笔都记着，不管是情账，还是经济账，她永远有个比较。只不过，没到那一天，她不会跟你结。她多半是温柔的，可是一旦狠了心，会招来某种意义上的万劫不复。

  女人更在乎当下的快乐，所以很多男人若不能做到"现在"让女人满意，她不会愿意和你赌未来。因为女人所说的安全感，其实是有钱，有貌，对我好。

和自己恋爱

爱情，说到底是私人化的。

和自己恋爱，难度不比和自己相处小，也是某种意义上的奇迹。

爱情的私人化指的是爱情的产生，推进，开花和结果都发自于个体，有个体对外界的感知，对对方的感知而产生。遇上他时，凭的是私人的感觉。恋上他时，挤出的是私人的时间。缠上他时，纠结的是私人的固执。离开他时，打开的是私人的心锁。一切以"我"为中心反观外物，进而决定行为，私人化当从此来，当作此解释。

你只能通过私人的情愫去迎接同样私人化的对方。你只可能一段时间爱上一个人。即使有所谓的脚踏两只船，或者吃着碗里的看着锅里的，但你分心的时间对对方来说也是私人的，没有被发现是静悄悄的"私人"，发现了也是因私自而走向所谓的公开。

你可以同时爱上两个人，但你无法同时对两个人很好，时间久了，最终折腾不过自己，败给了时间。

最私密的感觉只有自己知道。或许在别人眼里，他并不见得好。没钱，没貌，也不解风情，可是你的私人化的感觉把你们拴到了一起。你的私人化决定了你的择偶观念。对他来说，也一样。你的坏脾气、任性、娇气、一哭二闹三上吊，只有在他那里才是可爱的。他也选择了私有化的你。他的私人化决定了和你恋爱这件私人化的事情。

感情说到底是私人化的。

你和对方的恋爱，其实是和自己恋爱。从自己的角度去约束、调整、思考和完善两个人的关系，并使其更接近成熟。这样私人化的爱情，经历岁月的洗礼难免会有过程中的单调。你羡慕别人男友的体贴、成熟、浪漫、温柔。他羡慕别人女友的娴静、从容、温婉、上得厅堂入得厨房，时常可以温暖他的胃，而不是得四处为你搜罗美食并双手奉上。每个人都是爱情城堡里的临时工，时间一长，哪怕工作再轻松，都会产生厌倦感。这就好比自己和自己相处，说起来容易，次数多了，时间长了，难免坐立不安，六神游走。

张爱玲的《小团圆》里有大段的情事描写，那是她私人化的纠缠。她在文字上与胡兰成情投意合，彼此懂得，换来爱情讲义里的山河浩荡。她管他是不是汉奸，她只是爱上了内心的自己。内心的自己比较安全，即使中途有些小情绪，自己也能把控，毕竟一颗心能放得出去也能收得回来，该收的时候、想收的时候就回来了。这样的私人化很有水平，像一个武林高手出手之际又收了一手。也像颜真卿的楷书《东方朔画赞》，用陆时雍的话说就是："善言情者，吞吐深浅，欲露还藏，便觉此衷无限。"

红酥手

我们都试图在爱情中寻找不一样的对方，但最后摸着良心问问自己，你是否爱上的就是和你聊得来、笑得开、玩得欢、看不厌的一个人而已。这样的结果，最本底的是满足了自己的私心。试想，世上有哪个女子在爱的结合里喜欢自寻烦恼，时时刻刻不得开心。有句话说的是，要让一个女人喜欢你，首先得让她喜欢听你说的话，接着是喜欢看你做的事，接受你的想法。

目光往更远的地方瞄一眼，我们可以看到毕加索的情人，为了讨男人的慈悲，多么歇斯底里。罗丹的情人，可以作为神经质的代言人，最后为爱情疯掉，叹息也好崇敬也罢都化在了历史的烟云里，等待后人去评。

私人的爱情，就像两军对垒。要么一方举白旗，心甘情愿被作为俘虏；要么两个人你死我活，双双惊天动地，然后谈笑间樯橹灰飞烟灭。无论是投降也好奔赴山海也罢，都只是两颗私人之心的碰撞，带有鲜明的个人印记，就像一个作家的作品，仔细去看，总能寻找表达的相同轨迹。

没有人能说出除了自己之外的别人的爱情。年少时，我们完全可能因为对方的美丽和帅气，可当年岁渐长，对方的人品、家庭、性取向、爱好、性格、经济条件都成了考量的因素，其中的比例孰轻孰重，只有当事人最清楚。

小学时，班上有一位女同学长得很漂亮，我喜欢的是她的笑容，真实而灿烂；中学时，喜欢略微有点胖的女生，她是第二眼美女，有很强的号召力，她让班级充满了欢乐与活力，在自我意念的驱使下，我居然付出了如今看来啼笑皆非的行动；大学时，喜欢大眼睛文艺范的女子，她是乖乖女，是热情活泼的动感单车，也是偶尔使点小坏的"氧气女生",一度让我魂牵梦绕,欲罢不能。

蓦然回首,一路走来,真正的爱,离不开的都是心底私人化的标签。因为私人化,才更接近心底的那个叫作真实的无字碑。因为私人化,才知道自己最想要的是什么,能给对方的是什么,愿意与对方一起经历的挑战的是什么。

私人化是别人觉得一无是处,自己觉得她是我的一生牵挂。是别人觉得平淡无奇,自己觉得妙不可言。最私密的事情,是私人化的最高等级。它是身无彩凤双飞翼,心有灵犀一点通。是执手相看泪眼,竟无语凝噎。是衣带渐宽终不悔,为伊消得人憔悴。是从别后,忆相逢,几回魂梦与君同。是泪眼问花花不语,乱红飞过秋千去。

私人化的爱情,是和自己恋爱,继而与这个世界深爱。

它适合收藏,总会在岁月里升值,像一坛窖藏的美酒,可以在记忆里闪闪发光,即使偶尔想起,也会嘴角上扬,快乐无边。

它终将在岁月里,开出灵动的花。

红酥手

都喜欢怀旧

总觉得自己在哪里爱过,到头来,她们都不在了。倒也不是她们真的不在了,而是躲在了记忆里。

这样的躲,是我们骨子里的怀旧。

一个个抽屉在心里随时打开,贴上年和月的标签,让每一个曾经都像一本精装书。

古人的怀旧自带高级感,这使得怀旧一路款款而来,经久不衰。抛开爱情不说,就生活方式而言已然挺美,够怀旧。他们用悠然有致的方式去完成,譬如"九雅":曰分项、曰品茗、曰听雨、曰赏雪、曰候月、曰莳花、曰寻幽、曰抚琴。这显然已达到"雅活"的状态,优雅而见生活的本真趣味,不为世事缠束。这样的一种审美,渗透在国人的精神血液里头,让怀旧有更远的未来。

怀旧在当下意味着更多的可能。除了生活方式上,在感情的表达和阐释上,自然也有不少的信徒和观众。信徒是践行者,观众是追随者,两者的共通之处是用某个无常抵达千千万万个寻常。

怀旧,是超越俗常感情的纪念款,需要两个同频共振的人一起去完成，才能找到感情的真谛。就像宗璞说的"我这一生，一个求真一个求美"，怀旧，应该两者兼而有之。也像苏东坡《行香子·述怀》里的最后一句："几时归去，作个闲人，对一张琴，一壶酒，一溪云。"

怀旧也是这样，蕴含不被人察觉的辩证法。一面向前走，一面就要消失，旧的消失然后又有新的，有悲剧，也有喜剧，但最真实的表述是情景剧，链接过去与现在、现在与将来。

突然想起奶奶的怀旧，有个主题竟是关于母亲和父亲的那段爱情史。奶奶那是已八十几岁，坐在厨房的小凳子上，我也坐着，顺便帮忙生火添柴。她说，你妈几十年前也曾坐在你坐的凳子上。那时候，她到我们家来玩，你爸当兵去了。我问她，对进进（我爸的爱称）感觉怎么样？她说好的。然后又问，这个家怎么样？她也说，好的。后来父亲写信回家，也提到了这个事，大意是说婚姻之事凭父母做主，自己没有大的意见，对对方也是认可的。相当于默认了。

几年前，搬家之时，我恍惚看过那样的照片，印证彼时奶奶口中描述的状态。我爸和我妈都很淳朴，老爸瘦瘦的，脸挺长，想来是当兵比较艰苦。母亲的脸微胖，那时她偶尔会到邻村去做裁缝，只是话不多。后来奶奶回忆说，正是我妈不大说话，让她探不出底子来，想来是个严谨细腻之人。可是，后来剧情反转，老妈的笑声被我誉为是世界上最纯真的"妇女之声"，消散了很多世上的忧愁。

镜头扫到自己的身上，不知道是不是遗传的原因，我也喜欢怀旧。照理说年纪还不算大，但是对于过往总能清晰地回忆起来，只要我愿意。回想起那年夏天，蓝格子衬衫，花边裙，缘分叵测，终成了陌路,恰似未醒的一场梦,梦里有欢呼雀跃,也有低头浅思,最感慨的是最销魂的除了床笫,还有诗词,精神的追求总得高于表皮的具象。只是新诗初成两筐泪,字字湿透,故人知否?

从另一个侧面来说,女人的怀旧或许存在的时间更长一些,像抹不掉也不愿意擦拭的痕迹,不管这痕迹是伤害还是甜蜜,味蕾都在时间里验证过。她舍不得丢掉,就像舍不得拒绝一个人对她的付出,不论相貌,不论年龄,只要他是真心付出过,就值得装进她回忆的相册里。再者,从心理学层面解释,怀旧是一种正常的生理现象,像一枚硬币,拥有正反两面。正面是经验的总结和美好的提炼,因为我们总是愿意在生活伤痕累累的表面去抠出微小的幸福感来,这是一种治愈系。反面是怀旧,容易让人沉浸其中,忘了前面还有路要赶,这样的发呆很可能让自己麻木了,错过了班车的点。

"发思古之幽情",这就是怀旧。旧的东西总是好的,因为旧了,所以忍不住多看几眼,它见证了旧时光,车马很慢,一生只爱一个人,多好。因为已经失去,但失去也是一种获得,它滋养了你原本贫瘠的人生。因为已经得不到,所以你会理解"相见不如怀念"的意义,也许怀旧是绝症,但你仍然会不知不觉地驻足来时的风景。对于怀旧的人来说,电影是老的好,旗袍是旧款佳,明月是秦时的圆,美玉是咸丰年的无瑕。两个怀旧的人在一起,时间缓缓地,不慌不忙领略了在很多人眼里看来匆匆忙忙的一生。

喜欢老歌,老歌里的歌词动人心扉。歌曲多是围着爱情转,得到之爱,得不到之爱。偷偷地爱,大胆地爱。浅浅地爱,无悔地爱。午后阳光,暗夜星空,大江东去,前朝旧事,日子在身旁涓涓流着,沉淀下来的竟是步步惊喜,像盲盒,也像小说的转折点,不知不觉抵达了"共时"的境界。

忘不了一场叫《罗马假日》的电影,那么美的相遇,竟然是一个错。错在旁人眼里或许也是一种对,只是这样的旁人太少。我们都喜欢怀旧,忘不了赫本的大眼睛,像初恋情人,繁华看尽,伊人留香。

对自己苛刻的人,坚信高山流水,知音虽难却可觅。一旦遇上了,倾其所有也没什么大不了。怀旧如怀胎,时间越久越迫切,迫切是怀旧的新菜品。它是《孔雀东南飞》里的刘兰芝,是把蚊子血当成红玫瑰的罗敷。

生死契阔,与子成说。执子之手,与子偕老。不同的人,怀的是不同的旧。怀旧的人喜欢前者,因为生死契阔不由我做主,海誓山盟却要说给我听。我在怀旧的日子里,看自己的脸慢慢苍老,于是想着听一曲《东风破》,让往事随风,谎言弹指破。

当然,如果你愿意,我也愿意听一听谎言。因为,红颜经不起蹉跎,我是草原上的一只羊,谎言成了含在嘴里的忘忧草。

棋逢对手而已

世界上最难说清的就是爱情。爱情的爱，比其他爱更复杂，折腾人一辈子，里面的版本又千奇百怪，你逃脱不了，甜蜜可羡煞旁人，纠结似鬼缠身，感叹的如一帘幽梦。

看了多年的《非诚勿扰》，静下心来咀嚼，觉得还是收获不少。最根本的感觉是男女对爱的理解真是千差万别，不去理解男女的这种差异，或许很难经营好爱情。

好的爱情需要经营。个人觉得，爱与不爱都自私。

一段长久的爱情，也逃脱不了过程中的起起落落，哀哀怨怨，患得患失。它得经历痛苦，经历劫数，在不看好里慢慢变好。就像一个人，你天天见觉得没什么变化。可是，突然有一天，你看到他时的状态，就会在心里泛起涟漪，他终究是变了，变好变坏，变多变少，作为旁观者的你是清楚的。

爱情需要打比方，好的爱情是棋逢对手。恋爱时，也许你对对方没什么要求，但仔细考究一番，还是有要求的。你可以不要求对方高富帅，但你要求他脾气好。可是脾气好是一个概念性的要求，里面包含的要素很多。对所有有关事物的反应,都得脾气好,这就难了,里面包含了价值观及为人处世的准绳。

一个男人如果经济基础不好,我想他的脾气很难是时时刻刻好的,这是他的苦。他的学识不深,经历不多,脾气也不会好到哪里去。还有一种极端就是,他经济基础好,又有学识,阅历丰富,脾气也好。有些男人会以此沾沾自喜,对应在脾气上的反应就比较直观了,不容易好,这和素养有关。不是所有的男人都有好脾气。好脾气是修炼出来的,时间是它的磨刀石。

当然两个人相处时,还有一种情况。那就是,你比他更好,更能驾驭他,形成"一物降一物"的局面,那他才会脾气好。而这种脾气好,在女人那里的理解往往是对我好。女人会觉得,是我和他过一辈子,在一起时对我好就够了,其他的脾气我看不到,眼不烦。对我好,是我认定的好脾气的标准。

是啊,对一个人好有多难。

不管是男是女,都喜欢被爱。被爱多好啊,爱别人多累。如果是被爱,我可以使性子,叫他干吗就干吗。我饿了,半夜了他会跑出几条街给我买我想吃的,我累了他会给我揉揉肩,在耳边甜言蜜语。我不开心了,他会逗我笑,给我礼物以惊喜。我逛街去,他拎包,当保镖,当提款机,唯命是从。

爱别人多累,要想着法子逗她开心,要变着花样给她新鲜,要时时刻刻制造浪漫,要设身处地为她着想,要无微不至给她关爱。要小心翼翼,要体贴入微,要随机应变,要设身处地,要百折不挠,要胸怀大度。

可是,男人也喜欢被爱的感觉。他希望有人听他吹牛,希望有人理解他内心深处的痛，喜欢有人可以安安静静地陪着他，什么都不需要问。需要给足他在人前的面子，需要不是命令而是征求意见式的撒娇，需要跟他一起分担生活的压力，而不是觉得养老婆是天经地义的。

社会的发展让每一个个体都变得独立，我们也习惯了把自己的心事藏着掖着，哪怕在亲爱的人面前也不想摊开。我们都随着年龄的增长、扮演的社会角色的不同，而变得越来越孤独，越来越寂寞，越来越寡言。女人们生孩带娃工作，一个都不能少，女汉子越来越多。男人们雄性激素越来越少，内心的苦闷无处安放，面对的诱惑越来越多，需要的定力越来越需要续航。

每个人都不容易，每个人都在跟自己较着劲。男人会觉得女人婚后变得啰唆，变得世俗，变得一切以孩子为中心。女人会觉得男人婚后变闷骚，变懒惰，变得捉摸不透，有了小心眼。男人和女人都在观望，都在窥探，都在猜对方的心思。谁都希望对方听自己的话，顺自己的意，谁都觉得只有对方对我好了才是爱我的，可是这好的标准本身就值得商榷。

爱情的世界里，说到底是智慧的较量。现在流行的一个词叫作"智性恋者"，就是说你爱的人要拥有爱的智慧，只有拥有足够爱的智慧的人，才能让爱不会变老。这是一门课题，需要长期学习，日加精进。

爱情的境界，有很多层。了解，是一个层级。理解，是再上一个层级。懂得，是最高一个层级。这样的层级，需要棋逢对手。下一盘棋，水平相差太多，就不好玩了。水平相差无几，边下还可以边聊，观赏性和趣味性同在，多下几盘也不觉时间难以消磨。懂得，就是懂得欣赏你的好，懂得你的痛。

我曾在某一篇文章里描述过类似"懂得"的境界。千言万语，一个中心思想就是，懂得是一种妙不可言、不需多言的境界。很多东西，一旦说出来了就没了意义，或者说有些东西是不能说出来的，特定的场合，特定的人群，特定的时间，不允许你有除了思想之外的交流，只能靠心照不宣的默契，靠棋逢对手的会心一笑。那样的境况，如果你拥有了，也是人生的一件美事，值得回忆，值得镌刻。你和他，珠联璧合，是自我认定的神仙眷侣。

我的奶奶是个智慧之人，她口中常有一些金句。她说过，这世界上什么都可以医治好，唯有脑子笨无药可医，深感赞同。爱情，何尝不是如此。

我们都需要在平淡的时光里，学习爱的能力，提高爱的智慧，才能让爱变得简单又充满活力。

因为，爱需要棋逢对手。

红酥手

爱你的，你爱的

在爱情中，最困惑的是，你是想找一个爱你的人，还是找一个你爱的人。这样的困惑，我相信每个人都有。很多人不会说，但一定纠结过。

爱与被爱肯定是不同的。

爱与被爱到底哪个重要？这个问题并不难回答，只是我们很难分清到底什么是爱，什么是被爱。爱是付出，被爱会有很多接受的成分。

爱和被爱，我想应该是同等重要的。因为，持久的爱必然是相互的，缺一不可。你只是一味付出，不大现实，因为你也需要反馈。你只是接受也不好意思，毕竟你会怀疑自己是否值得去爱，过程中对方的状态也会起伏。无论是和自己不爱的人结合，还是和不爱自己的人结合，都没有持久的幸福。爱情总会短路，总会掉链子，最后不治而亡。

女人在爱情里面希望得到论证。也许也或多或少知道有人爱她，但需要旁边的人做个证。比如闺密，比如同事，比如朋友的朋友。

　　一个熟悉的地方，一个新来的女子。她是实习生，外地人。学金融的她有着缜密的思维。那时候，她因工作需要向他交流。他一脸愁苦。没人知道他的心事。她也慢慢知晓，关于他的一些故事。在一次发放资料走进他办公室时，她忍不住瞧了一眼桌上的笔记本。原来在空白的笔记本上，是刚打开的第一页。浅黑的细横条，上面用铅笔画了一幅画。那是个玲珑的女子，有婀娜的身姿，眼睛有点像她，纯净之中带着鲜为人知的忧郁。很少有人能发现这样的细节，并画出来。她站在办公桌角停留了分把钟。脚步声传来，她听出是他来了，于是退后几步，面向办公桌，给人一种传阅文件的视觉角度。她隐隐地觉得，他喜欢她。

　　他走进来，似乎发现了她眼睛里的秘密，脸上微红。他说，有空我要向你请教金融知识。最近财务危机，吃饭都成问题呢。她扑哧一笑，说好的，我请客，你买单。

　　都是外地人，只不过一个是南方，一个靠近北方。他在南方，她归属于北方。他总是在骨子里觉得，北方的女子是彪悍的，似乎满嘴都是烧烤味，都是啤酒味。彪悍的还应该是身材，胳膊是粗粗的，腿也是粗粗的，说话是响响的，走路是嗖嗖的，像一阵风，也像一阵雨，热热烈烈，不拖沓，很从容。可是眼前的女子打翻了他的认知，皮肤像莹白瓷，发型略带古典，像是大唐不夜城手执团扇的美人。每一天，她都会往过道里走，经过他的办公室。而他的心情也像荒漠骑马的勇士，跌宕起伏。同样作为理财顾问的他，自己的财富却像流水一样一路向东，没有回头，也未曾注入大海，倒像

红酥手

是洗衣粉浸染出的泡沫，圈里是一个世界，圈外又是一个世界。后来，他和她在餐桌上讨论投资，讨论美食，讨论彼此见过的美景。他惊讶于她不大的年龄，竟然有这么多颗游走穿越的心。她也感慨他不算老的年龄，竟然有这么多与众不同的经历。他同意她的观点，听取她的意见，让自己的投资更精准一些。她给他最理性的分析，包括毫不犹豫地指出他的缺点，给他醍醐灌顶的自觉。有天，她问他：你喜欢我吗？他没有回答。她说：我有男朋友了，但没同意结婚。家里在催，我也一直在犹豫。如果五年之后，你还这么待我，我跟你在一起。

那是一场似真似假的梦，故事的主角在梦里，也在梦外。

但是，爱是多么抽象。你想把自己好的东西都给对方，若对方不能领会，他并没有变成你想要的样子，于是你的爱就成了他的牵绊，时间久了，你忘了爱自己，最后他也没有爱上你。当你想让他看到你最好的状态时，你自然会最大化地爱自己。给自己吃好，穿好，用好，玩好，做最精致的女人，走在大街上楚楚动人，可是当你这么自爱的时候，对方感觉不到你对他的爱，久而久之，他也很难坚持爱你。

可是，她不知道最深的爱是把自己当作一件极致的作品呈现给他。

说到底，爱都是自私的。

又想起一个故事：有一对男女，分手了。若干年后，重逢。爱的感觉还在，彼此甚是挂念。他们相约一起旅行，一起回味旧时光，一起欣赏从前忽略了的风景。

可是时间久了，双方为生活牵绊，分身乏术，终究归于平淡。虽心有留恋，却无奈于现实。男的希望女的好好爱自己，女的却以为男的不想联系她，没了感觉，辜负了约定。一来二去，终究渐行渐远。

我知道，这应该是平凡生活中你我似曾熟悉的感觉。新欢和旧爱或许都藏在我们看似安静的心窝里，爱过的人希望他过得好，却又不希望对方过得好。这是为什么呢？

因为，我怕你过得比我好，但我更怕你在别人的怀抱里，错过了原本属于我们的好。你风生水起，我却苦苦思恋，痛不欲生。

知道你好，我会安心。

但知道你不好，我才有期待。

我会想，你当初为什么不跟着我，我一定比她好。

这是女人的心思。而男人呢。他总觉得旧情好，但旧情已去，斯人已远，再多深情抵不过寻常烟火，所以他希望她能比初见她时还过得好，他希望她是这个世界上最美的女人，所有幸运都属于她。

他说，世界这么大，不如你好看。

他说，你若安好，便是晴天。

他说，只要你过得比我好。

他说，爱过总好过从来都没遇见过。

他说，即使爱也会老，记忆会永远年轻。

我相信在时间的洪流里，爱你的人和你爱的人都会发生改变，大多数人都会学着将就。

红酥手

　　毕竟，当你不够好时，怎能苛求对方？谁也没勇气离开，谁也难遇上更好的爱。他和她，各有各的烦心事，也就忽略了爱与被爱。

　　爱与被爱，同是人的情感需求，遗憾的是两者的错位，爱上一个不爱自己的人，爱自己的人不是自己的所爱。

一直懂得

一直觉得，懂你的人会一直懂你。

这个懂，指爱情，指亲情，也指友情，不过放在爱情里最有味道。

有句话叫道不同不相为谋，也许这个世界上有些人从你见到她或他的第一眼起，就有了感觉，感觉看着顺眼，感觉不陌生，感觉好相处，感觉合得来，感觉有缘分。而有些人，哪怕你推心置腹、肝胆相照，也难以荣辱与共或心有灵犀、情投意合。

我们都是为爱而生，渴望被爱，却又以爱换爱。可，懂得比爱更重要。懂得是可遇不可求的事，众生都在孜孜不倦地求。

先说亲情。如今，周末难得回老家。每次回去，母亲总会在晚餐给我烧一个豆腐干，早餐给我炒一份咸菜拌豆，他知道这是我的最爱，既下饭又符合我的简单口味。而父亲总是叮嘱母亲要煮稀饭，他知道稀饭和豆腐干很配，和咸菜拌豆也搭，而这种搭配实际上是跟我很配，这是亲情之爱。

友情上也是如此。前些时日，有一个叫"高老庄的美好时代"

的微信名，申请加我为好友，凭感觉我立马加了他。一聊天，才知道他是大学学长，也是我在文学路上最初的导师。毕业至今十年如一梦，我们断断续续联系过，没想到又相遇在微信的世界里。彼时，他是校文学社的社长，我无意中被他引荐入社，后来慢慢喜欢上文字，后来当了半年的副社长。

爱情，同理。

爱是动词，是形容词，更是虚词，说不清道不明，却需要不断学习和行动，更要营造虚拟的想象和浪漫。

而懂得，却大大超过纯粹的爱。

没有懂得，就难有发自内心觉得热烈的爱。

毕竟，爱情是我们记得住的日子，而不是简单的在一起的日子。

在一本书里看到一个耐人寻味的故事。

一个单身汉跟着他服务的机关来到乡下，一住三年。

这三年，领导派他在一块荒地上种田养猪。为了工作方便，他在菜圃和猪圈之间搭了一间木板屋挡风遮雨，有时候夜晚就住在里面。

他认为种菜养猪是女人干的事情，心里非常别扭。久而久之，习惯了，他仿佛觉得自己已经变成一个女人。

浇完了菜，喂过猪，他坐在小屋里抽烟，夜间万籁无声，内心寂寞，不觉自言自语。他时而觉得自己是男人，时而觉得自己是女人。恍惚间他已化身为二，一男一女，男的是丈夫，女的是妻子，夫妻灯下闲话家常，他一个人谈得津津有味。

三年后，机关搬迁，他要离开他的菜、他的猪、他的木板屋了，内心快快不乐。人家都上路了，他还没有走，他要再看看他的小屋。他围着屋子转了几圈，在屋子里放了一把火。

故事的尾声，很寻常。那个他，还在一声不响地抽烟。没人知道屋子里的火蔓延开去烧了一座山，烧红了半边天，也没人知道是谁放的火。

我经常反刍上面的文字，反刍的原因是每次都有不同的感觉。哪怕是围绕爱情这一个小点，它都会荡开无限循环的光晕。上野千鹤子说过，在恋爱这种游戏中，两个人之间的赌注从来都不对等。当一个人拿自我下注时，也许对方只押上了一小部分。从"懂得"去阐释，就是夺取自我，放弃自己的自我。但是这里面隐含了一个时间概念，那就是把时间轴无限拉长，身处其中的两个人能不能保持这种"面对对方时极度清醒，以至在旁人看来无比疯狂"的状态。

生活中，被感知的"懂得"其实很难，它类似于"共时"，你发生的情愫对方要同步感知，这是很不容易遇到的。

也许你会说，简单的懂得可以营造，稍加用心即可。

无非就是知道你想吃什么，知道你喜欢的颜色，知道你喜欢的电影类型，知道你喜欢听的话，知道你喜欢的习惯，并愿意为你或陪你做你喜欢的事。

更高级的懂得，是一直懂得。

它虽然无法与时间抗衡，但是通过眼神的无数次折射和心灵的无数次穿透，超越了言语和肢体的告白，成为永恒。

一个人站在风中，站在站台，站在人群中，眼神能够抵达的地方就能第一眼认出彼此，这是懂得的不倒翁，摇摆生姿。

红酥手

  一直懂得,是马良手上一支又一支神笔,写完了又递上来,描上爱情瑰丽断肠的样子。

  这个样子,需要无须言语即可懂得的玲珑心,穿越柴米油盐,耐得人间寂寞,守得云开日现。

给的特别，才是爱

半个月前，跟一个远方的朋友聊天，她说还没找男朋友，不过最近有了目标。我说，那你得主动出击啊，女追男，隔层纱呢。

她说那个男的和她一个公司，做的是人力资源管理。每天有意无意地都能和他有一些接触。

两个人慢慢地开始暧昧，一来二去，发现有话聊，喜欢的东西也差不多，对事物的见解也相似，常常是一方说出一个观点，对方像小鸡啄米似的点头。

可是，昨天，她发来微信，表情是沮丧的，言语间也透着消极。我知道，她有了困惑。

问她为什么。她说现在在公司里，她已经把他当隐身人了。原因很简单，既然彼此双方都有好感，但在行动上，他为什么对我和对其他人都是一样好，根本看不出什么特别。

是啊，爱总是源于特别。如果你对别人和对我是一样的，我怎么也看不出你对我的好感，或者说产生这样的疑问你也不要感到奇怪。

她继续吐槽，让我惊觉，原来她竟然也是个话痨。

她说，公司里的年轻女孩儿也不少。上周末，大家相约一起吃火锅，是他提议的。但是一到了火锅店，点锅底和食料的时候，都是一样的口径，并没有特别问我想吃什么。我跟他说过，我喜欢的是鱼汤底料，配菜则是油麦菜和鸡翅。可是，在现场，他完全忘了这回事，连眼神与我都没有特别的交流。

我洗耳恭听。她继续说着，诸如他每天上下班几乎都会邀请公司的其他单身女孩儿，尽管也邀请她，但说话的语气和拉门关门的手势几乎是复制的，让我觉得他就像大众情人。可是，不是谁都可以当大众情人的，他以为他是刘德华啊。再说，刘德华也当不了一辈子的大众情人，也结了婚啊。

长篇诉苦式的抱怨听下来，我告诉他，这是全面撒网式的男人，他现在年轻，想求个"恋爱最大化"，对你的爱算不上爱，长久不了。至于后来的进展，对方无心提及，我也没再问。

还是想起三毛的那句话：如果你给我的，和你给别人的是一样的，那我就不要了。

确实如此。男人在追求女人时，若是真爱，肯定会费尽心思讨好对方，恋爱的感觉也多半在此。没有用心的付出和特别的行动，怎能称之为爱？有态度的女子，也不会接受这样的给予。

恋爱不是雨露均沾，是他对你和所有人对你都不一样。你能感觉出来。有时候，在某些场合，他说的话也许别人听不出来，但你一听就明白了话外之音，是袒护，也是包容，更是打上了高光的一张脸，呈现低调却又高级的美。

恋爱毕竟是个技术活。他要知道你的口味，知道你喜欢的颜色，知道你爱玩的游戏，知道你脚的尺码，知道你的生理期，知道你喜欢被接受的情感方式，知道你不开心时喜欢做的事。这里面要学的要做的太多了。

你也许会说特别的事不多啊，都有哪些呢？

比如，在她感冒时，送汤递药，嘘寒问暖；

比如，在她每天出门时，亲吻她的额头，向她道一声辛苦了，并告诉她这是新的一天，要好好过；

比如，在她生日时，给她买来她曾经很想买却没有明确说出口的礼物；

比如，突然带她去旅行，看陌生的风景，在陌生的世界里告诉她，你是真的真的很在乎她；

比如，带她去看她喜欢的歌手的演唱会，跟着她随着音乐的节奏疯狂呐喊，追逐她喜欢的喜欢……

这些特别不一定很费钱，但一定会费点心思，出于需要，喜悦于了解。

当然，在不同的年月里，对这些特别的定义也略有不同。以前，我们的心都容易安静，为对方做的事情也出于本真，更自然一些，一些付出并没有后来我们回过头去看的那种诧异感，诧异于我们在当时会做那样的事。

我也做过那样的事，现在想起来像一场梦。想当年，和她分开后，痛不欲生。我不知道自己为什么会做那样的决定，如果当时

红酥手

"示弱"一点,爱情的走向会不会不一样?人生的际遇会不会不一样?答案是肯定的,可是我没有做出那样的选择。就像摆在我面前有两条路,向左走还是向右走,我只能有一个选择。于是,在一个人的房间里,泪水一遍遍模糊双眼,看着那些被重抄一遍的文字感慨万千,也不得不惊讶于自己能做那样的事,一笔一画都在传递似乎自己也看不到自己的另一面。我想,那些文字刻在了我的记忆里,也刻在了她的生命旅程里。这样的特别,对我而言如今做不到了,但因为彼时的真情发自内心,是自认为随着岁月也不会挪移的"特别之爱"。

我们在尘世间行走,一些感动会沉没于时间的巨轮之下,但总会被女人小心翼翼地捡起,比对,分析,收藏,当证据,也当信物,一遍遍地回头去看,去品,去感知对方当时的心境以及除此之外的心思,那是她最看重的。

她希望你发给她的短信,永远是自己写的,而不是摘抄转发的,因为摘抄的话她看得多了,也就麻木了;

炒给她的菜,永远是自己反复操练过的,别人没有尝过的,不是客人来了一锅端出的"大众款";

唱给她的歌,永远都是自己新学的,它不是KTV里过往的必点曲目,因为这样的表情更自然,更容易捕捉你的心;

写给她的信,永远是最虔诚的告白,而不是藏着掖着的喃喃自语。

爱总是自私的,女人在爱里都会患得患失。当她们觉得你表现得苍白、程序化、机械化,她往往会因爱生疑,因爱生倦,因爱生恨，直至渐行渐远渐无声。

因为，在她的心里，永远有一个声音：我就是这么自私和无理取闹，爱我就要特别地爱。

不想长大，不想结婚

婚姻是围城，很多人进去了都曾后悔，可是好多人还得继续。后悔也许是每个人瞬间有过的想法。男女双方都觉得，对方离自己心中的标准有不少的差距。一辈子那么长，我们的心态时时在变，婚姻只是其中被谈论被焦灼的一部分。

女人对家庭的归属感和自我绑定的安全感，决定了她们愿意守着一个可能自己并不那么爱的人，并甘愿为家庭辛苦付出，衰老容颜。而男人对婚姻的失落感，来自婚姻让他们不自由。

所以说，很多年纪不小的男性迟迟不肯结婚的原因是，他们不想长大，想晚一点承担责任，想多玩几年，想做一个周伯通。

金庸笔下的周伯通活得多潇洒啊。东邪西毒太装，一出场就锣鼓喧天，讲究排场，举手投足说什么宗师气度，恨不得在自己脸上刻上"高手"二字；洪七公相比显得犹豫，虽平易近人，但花头精太多，碰见坏人担心别人说以大欺小，不敢打得尽兴，往往见机行事，碰上没把握的走为上计。

周伯通就不同了，想打就打，想玩就玩，想骗人就骗人，想耍赖就耍赖，想逃跑就逃跑，想到就做，真实有效。他活得率性、执着、不虚伪，这在险恶的江湖里多难。如果给他一个信念，处处彰显的是"道"。所以他跟街边的小孩子赌钱输了可以耍赖，也可以跟郭靖拜把子，跟黄药师打玻璃球，偷小龙女的蜂蜜。也许在每一个男人的心里，都想活成周伯通。可是往往做不到，于是成了小说中的最轻松的符号，看了会心一笑。

洒脱的男人对女人有一种难以抵挡的诱惑。这个洒脱，带着一点玩世不恭，却是真性情的流露。女人不喜欢太老实的男人，但也不喜欢狡猾的男人。打开真善美的下一层，剥开来，带点小顽皮，才是女人的小惊喜。就像瑛姑，她无法拒绝毫无心机、自由随性的男人，她觉得如果能和这样的男人在一起，自己无疑是开心的，可以坦诚交流，可以做最真实的自己。

哪个女人不想在爱情里做最真实的自己，被对方理解、欣赏？但她也担心，自己的真实会成为男人眼中的无趣，落得反差，使她不敢向前，思索良久。像一朵花，她的芬芳有人懂，她的枯萎有人疼自然再好不过。可怜瑛姑用一分钟去认识一个人，用一小时去喜欢一个人，再用一小时去喜欢一个人，拐了几道弯，到最后呢，却要用一辈子的时间去忘记这个人。忘记一个人是痛苦的，除非他已不在她的心里。

这样的经历和感受，你我或许都有。

男人也怕深情，怕给不了浓烈的爱。周伯通面对瑛姑的深情，最终还是跑了。他不想长大，不想活得那么累，他本就是醉心于山水之间的浪子，不喜条条框框，或许还有那么一点点婚姻恐惧症，尚未探究。接受瑛姑，就意味着不能行走江湖来如影去如风，不能遇见高手就打架，不能随时随地打抱不平，失去了自我身上的标签，反而开始考虑一日三餐、老婆安危和家庭利益了。他也不是没想过这样的一些弊端。碰见欧阳锋，就不能随意赌命了；碰见黄药师，就不能骗人了。男人的约束感会造成感情中的束缚，这样的束缚好比吃得太饱，不想出去走路，连着欣赏万物的情致都没了，以此降了自己的档。

男人无论在生活中还是爱情中，都不想长大。他的本质是个男孩儿，贪玩是本性。这个贪玩指的是渴望或者享受无拘无束的一颗心，想要有人陪他喝酒、吃肉、逛街、看电影、旅游，碰见困难有一帮朋友打气、吹牛、解压，不要什么规则立场，开心就好，志同为盼。他要的是玩伴，而不只是一个人生伴侣。

女人不一样。她早熟，比男人早熟好几年。她能理解不同年龄段男人的心思，也愿意接受不同状态下的男人，并帮助他们成长或是出类拔萃。一个善于倾听并接受女人建议的男人，往往有可能会过得更好。但前提是考虑其建议，主意自己拿。因为要纠结其中的建议，又未免太拘泥于细节，错过了更广大的空间。

女人也不想长大，但受社会影响长大的进度条显然比男人刷得更快。她不敢从自己的理想世界里走出来，对世界太温柔，对自己太犹豫，所以不敢去爱一个人。她们的心很软，爱一个人，需要莫大的勇气和投入。她们会放弃很多，放弃自己喜欢的，去配合对方喜欢的。她们也会放弃自己熟悉的，停留在对方陌生的情感地带。

身边有很多曾经的朋友和同事，回头去看，竟然还有没结婚的。小心翼翼地问，原来是不想结婚。条件大多都不差，但最怕在不上不下的年龄，找个不上不下却最终过不了自己那一关的男人，耽误了自己，也耽误了别人。耽误了自己，让自己不再自由，反而成为"怨妇"。耽误了别人，对对方要求太多，可对方已经很努力，奈何不是懂自己的那个东床快婿，只叹一句"伤不起"。

  从小的时候，我就替女同胞们想过这样一个画面：一个女孩儿从原生父母家庭慢慢长大，最后嫁给陌生的人并承担为人妻为人母的角色，去串联一个未知的世界，其中的勇气和不容易都是可圈可点的。有人在过程中把自己砍得遍体鳞伤，有人在过程中把自己雕刻成了一块石头，有了磨成了一串珠子。

  男人都爱玩，都藏着一颗游走的心。那些迟迟不敢结婚的男人，不是因为不够优秀，或是没有遇上喜欢的人。而是因为他还没玩够，还没做好迎接一个女人、迎接一堆琐碎生活的准备。

  女人都爱观察，都藏着一副望远镜，时不时拿出来看。她们不害怕长大，但害怕受伤。不想结婚，是担心花了时间用了情的，还不如以前的男人好。

爱情的模样

爱情是什么？千百年来，没有人能逃出对它的纠缠和反复。我只是觉得，爱情是很奇怪的东西。不同的人有不同的爱情标准，不同的爱情标准也会在不同的年龄段有不同的标签。爱情在岁月中也会发生变化，如果不能好好地理解，爱情终究敌不过现实的摩擦和反反复复的凡尘俗世的干扰。

读书的时候，爱情是浅浅的纯纯的，只要看对了眼，就能有一场奋不顾身的爱情，现实考虑的不多，也没有来自家庭和亲朋好友的干扰。因为，你在谈恋爱，别人也在谈。你眼中男朋友的缺点，同事或者闺密的男朋友也有。

你们甚至会在寝室熄灯的夜晚谈论和交流对方的种种，笑着数落对方的冒冒失失，甚至是那些滑稽或者哭笑不得的举动。聊着聊着，你们达成了一致，得出的结论是男人都是差不多的，这种结论却是带着甜蜜的回顾。

走上工作岗位，不得不现实了，地域的限制，文化的差异，父母的苦口婆心以及工作的选择都导致了你思想的动摇和徘徊不定。于是劳燕分飞成了新常态,能比翼双飞的毕竟是少数。于是你一边无奈又不得不一边放下,带着新期待上路,因为你始终相信前面有更好的,或许还抱有"只有迎接新的恋情才能抚平过去的记忆"。

相亲,原来想都没想的事情,你都要硬着头皮去面对了。生怕万一有好男人出现了,错过了总不好。年龄越来越大,心里的天平慢慢倾斜,也懒得去主动地爱了,心里想着只要有哪个男的对我好,工作算稳定,把婚结了算了。

因为你受不了每年过年时长辈的催促,因为你也曾想过在年轻点的年纪生个聪明可爱的宝宝,因为你也担心年龄太大好男人更难找了。一面在感慨好男人越来越难找,一面也在着急怎么身边都没有追求的人。去赴一场场相亲,奇怪的是现在男的要求也很高,本来自我感觉不错的自己在对方眼里也不值得一提。

于是,你学会了将就。你知道,生活不像想象的那么简单。长大了,外面的世界终究需要自己去闯荡。你再也不是父母眼中的那个小女孩儿了,很多心事只能自己去品尝,很多男人也只能自己去审视。

要是自己眼睛没擦亮,自己也认了。而男孩儿也逐渐走在通往男人的路上,他们的心态也差不多,自己条件不好,自然不敢奢求对方的容颜和智慧。这世界从来都是公平的,最常见的情况往往是感觉还可以,聊得也还行,双方条件也一般般,到了年纪,结就结了吧。时间不等人,每一年年岁都在增长,你们都想有个自己的家。纵然偶尔会想起自己的前任也不敢打扰也无法确认对方是否过得比以前好。若是没以前好，何必庸人自扰，不如留一段回忆，换来心酸的浪漫。

结了婚，发现爱情的定义变了。刚开始对两个人的生活还蛮新鲜，可是接踵而至的是生活上的更多牵绊，这种牵绊不仅来自婚后对方原先的优点没有了，反而新生了很多缺点。更要命的是，你不仅要照顾好自己，还要照顾好他，更要照顾好他的家人和朋友。还有小孩儿，不早点生出来似乎对不起全世界。

你开始相信做女人的不容易，你开始知道你的老公不光是属于你自己的，主要还是属于他的父母的。

他的毛病你得迁就，他的生活你得围绕，你的圈子变小了，再也不能随心所欲地想撒娇就撒娇，想逛街就逛街，想和闺密聊天就聊天，甚至你的父母那儿你也不能常常回去，告诉她们老公的不是和种种不知道从哪里长出来的缺点。

因为即使你这样说了，父母还是有可能要说，男人也累的，他也是为了这个家，多理解他一点，把家庭过好，才是最重要的。

时光过去，你的激情自然是少了很多，唯一的善良是学会了接受，学会了默默付出，学会了甘于平淡。可是男人是最不安分的动物，他现在对你没以前好，不是来自生活的压力，更多的是他更爱他自己。

有了婚姻的绳索，他知道你在乎孩子，在乎家庭的完整，担心离婚后对爱情绝望了，担心不再有能力去爱了，所以浑浑噩噩稀里糊涂地在上班、下班、家庭之间打转。你也会怀疑自己已经不是自己了，可是又有什么办法呢，固执地逆来顺受，偏执地认为是自己的不好居多，期待变成了习惯，习惯变成了麻木，还会自我安慰别人的婚姻也大抵如此吧。

其实，婚后的爱情也有可圈可点之处，只是你没有看到。你没有时间，没有找到那一个出口，限制了自己的成长，丢失了飞蛾扑火般的勇气，脸上没有发自内心的自信，没有自我激励的提升，没有骨子里的底蕴和藐视一切的优雅，怎么能遇到真正的爱情。

说到底，女人首先得对自己好一点，只有自己变美了，由内而外的魅力才会让男人倾倒。这样，即使他变心了，你也会庆幸是他曾经辜负了我。

爱情是什么？在我看来，是不仅期待我和你在一起，你的样子。更是，我和你在一起，我的样子。

是对你好，更对你的家人和对我的家人一样好。

是不忍心让你为了生活辛苦，而愿意默默地挑起生活的重担，让你不会为了生活的琐事操劳伤神。

是把最好的事物都和你分享，让全世界都知道我对你的好。

是你只管你的倾国倾城，我愿我的埋头苦干。

是希望你成为我父母眼中的女儿，而不仅仅是儿媳妇。

是平淡的生活中常有一些浪漫，而不只是除了孩子还是孩子。

是不说话时，我也知道你在想着什么期待什么，而不只是你看偶像剧看得入迷我玩游戏忘了入睡。

是在一起时多多沟通，解决问题，而不是让问题堆积如山，到后面我都懒得与你争辩。

红酥手

是我们一起看到这个世界的宽广，丰沛彼此的内心。

有你，不出城郭，到处也是香格里拉。有你，我爱你胜过爱我自己。有你，我哪怕丢了全世界，也不会后悔。这就是爱情，让人百转千回却又唏嘘不已。

真爱是一种颜色

我们会问,世上有真爱吗?我相信,是有的。如果世上有真爱,我愿意给它一种颜色,那就是蓝色。

蓝色,宁静,悠远,不张扬,透着纯真的自信,带有广阔的遐想和安静的坚守,让人慢下来思考,又准备动起来奔跑。

看到它,每个人的心都会静下来,继而想想自己和他人。静而后动,动静结合,才是爱情的节拍。

真爱,不就是如此吗?彼此在对方的世界里看到更广阔的天空,不是束缚,而是懂得以后的放开,思念以后的相聚,隔江隔海归来,放下不甘心,穿透眼里的汪洋大海,找寻彼此的倒影。

可以没有美丽的脸蛋,却要有有趣的灵魂。可以没有英俊的面庞,却要有宽敞的内心。纵使囊中羞涩,也要有一颗勇敢的心,为彼此打气,壮大共有的安全感,告诉对方,无论发生了什么事,我一直都在身边。

真爱是一种纯粹。初见时,你在乎的是对对方的那种感觉,像电流穿过你的全身,眼神是另一个出口。你在出口等待,徘徊,渴望惺惺相惜。好不容易等到了一起通往进口的人，进去以后又得小心翼翼，因为在里面如果没有光照的地方，很容易踩到脚，甚至摔跤。

想起了看过的某个爱情故事。

1921年1月，郁达夫登门拜访老朋友孙百刚。在这里，他第一次见到了二十岁的姑娘王映霞。初遇王映霞，郁达夫一见钟情。双方在上海江南大饭店一个房间里进行了一次长谈，两人的恋爱就这样轰轰烈烈地开始了。1927年6月5日晚，郁达夫和王映霞在杭州聚丰园举行了订婚仪式。6月10日，郁达夫写信把此事告诉了发妻孙荃。孙荃无可奈何，只好默认。但是王、郁两人后来感情直转而下，这与浙江省教育厅厅长许绍棣有直接关系。一天，郁达夫回到家中，不见王映霞，却发现了许绍棣给王映霞的几封信，便断定王映霞与她的"司马相如"私奔了。郁达夫性格冲动，在《大公报》刊登"寻人启事"。实际上，王映霞只是到她的朋友曹秉哲家里去了。翌日，当王映霞在《大公报》上看到郁达夫的"寻人启事"勃然大怒。经过朋友的从中调解，郁达夫和王映霞摒弃"前嫌"，决定和解。

然而，不久后郁达夫做的一件事，终于把他们的婚姻推向了坟墓。1939年，郁达夫发表了著名的《毁家诗纪》，包括有详细注释的十九首诗和一首词。郁达夫公开披露了他与王映霞之间的情感恩怨，并且痛心疾首地指出与王映霞在情感上的背叛是导致毁家的重要原因。这对曾被誉为"富春江上神仙侣"的才子佳人，就这样以彼此怨恨的方式分手了。

这样的情形难免让人唏嘘，想不通的是两人的的确确有真爱在，为什么经历了这点小事就变得有了"漏洞"，就像一件新衣服不小心被烟头烫了一下，就不愿意穿它了。

真爱在不同人的眼里是不同的颜色。

有人认为它是火的颜色，通红，热情如火。你喜欢他，她喜欢你。她需要你直面的告白，大大方方，毫无遮掩。

就像孟小冬的两段感情。一段是十八岁进京，她与梅兰芳的相遇。一个须生之王，一个旦角之王，珠联璧合，却被梅兰芳的夫人福芝芳拦在门外，而他竟没在该站出来的时候站出来，此后便分道扬镳。另一段是与青帮头子杜月笙的爱恋。1925 年的她早已红遍上海滩，杜月笙这个响当当的人物迷恋于她已久，对她无限柔情。他为她派机接机，给她名分，以盛大的排场在病恹恹之际为她办了九百元港币一席的菜，在六十三岁娶了四十二岁的她。一年之后，杜月笙离世，她不再开口唱戏，只因天下从此无知音。

真爱是禅意的喜悦，是初雪的曼妙，是你与我初相见，刹那间的天崩地裂产生的两个人的烟火。这烟火，会让即使如周星驰电影里火云邪神般的模样，也有人情人眼里出西施，道出世界那么美，不如你好看的深情款款。

她不矫情，不会一直胡思乱想，不会表面不说，心里早就成了一锅汤。她的醋意和火气不做长久的停留，来也匆匆，去也匆匆。

他不煽情，不想做假面的告白，纵使有万般的不如意，也会像个孩子似的在时间的洪流里乐不思蜀，他知道本以为一生就这么过，可是命运让他遇上了她，就像弦上的箭，不得不发。

也许真爱就是，爱上一个人不怕付出自己的一生。可是，一生那么长，中途要穿越那些山山水水，一个人在内心的旷野上奔跑，

红酥手

情绪像散乱的沙子,像吹皱的湖水,拢不住心里还乱。

别人看你是傻子,你也怀疑自己是疯子,可是自己明明是个呆子,让所有的人都沉浸在烟雾笼罩的梦里。

你作为当事人,在人生的牢笼里困顿挣扎,徘徊咆哮,既自由也不自由。自由时,浑然忘我,仿佛天地一沙鸥,任我逍遥游。不自由时,一步一劫难,运气好时尚能飞蛾扑火,化茧成蝶。在这之间,你看到了残酷又真实的人生,一如爱情,真真假假,亦真亦幻,结局却总是真实而冰凉的。

生命如此无常,只是一再地还魂。在每一个安静的夜,我相信都有很多的灵魂在舞蹈,很多的思想在回放。

关于爱情,每个人细细想来,或许都有欲哭无泪,鼻子一酸,继而笑出强大的表情包。

强大也好,不强大也罢,都未必可以与他人言说。你的爱情观,别人不一定赞同,都是私家的秘密,涂抹了私家的颜料。

生活还得继续,相遇总好过从未相见。不加点世事难料,毕竟调不出生活的味道。

后 记

后记：爱是私人的标签

季节没有为我停下脚步，我却在落笔之前昏昏欲睡。

这是江南某个秋天的夜晚，执拗于静下心来更努力接近灵感的初衷，回了老家。所谓的老家，即是乡下。

这里，相对安静。

看到父母，也会无限接近安静。接近安静的主要目的，是写一篇关于自我眼中的爱情定义的后记。

在二楼朝东的某个房间，我做了个梦。

梦里没有女主角，但迷迷糊糊之际，还是有一本书在梦里摊开，那竟是我想象中的书本的样子。如此美妙。原来你念念不忘的事物，竟然会恍恍惚惚地闯进梦里。

我想，人的一生，最大的快乐是做梦。做梦的人总体上是幸福的，在梦里，你想要的都有，你想见的人或许就在那里浅笑嫣然，回眸一笑百媚生。尽管也有一些失意和彷徨，但梦作为现实的回光返照，有些落寞和凄凉亦不足为奇。所幸，对人生的盼头也可以称

红酥手

为人的某种向上之光,类同于万物生长,总是充满了值得歌颂的部分。人生太短了,充满了纠结和遗憾,所以需要有些瞬间的灵感通往无常之外的逍遥。

对,爱情也是逍遥的。我特别喜欢用"逍遥"这二字。为人尽可能潇洒,为文尽可能放得开,便是吾辈追求的逍遥两重天。在写这本书之前,其实和芸芸众生一样,我逃不开关于爱情的种种。后来,我把这样的种种,概括为五个词:爱无常,爱不得,爱别离,爱有道,爱心理。

按序,前面三个词大抵上有一些忧郁的成分,却是客观的,爱情像雾,像雨,又像风,看不清,摸不着,道不明,千百年来多少人孜孜以求,得到的总是或深或浅的遗憾。后面两个词,有问道的感觉,就像在光怪陆离的生活之外对某种坚定的坚守,尽管过程不易,却希望借由缘分和自我的修炼让前面的光亮能有幸照进现实,照进前行的路。我有时候提醒自己,不该妄自菲薄。因为,妄自菲薄也曾让我放不开,激发不出心中的那个关于文学的"妖怪",但我知道我的心里一直住着许多妖怪,只是和妖怪并不熟悉,或是说它们不愿和我坐下来喝茶,聊天,谈理想。

当然,也不能盲目自信,虽然经历了感情中的起起伏伏,听到了很多关于情爱的前世今生,但爱情终究是自我的定义、自我的认知、自我的解释、自我的标签。于是,这本书的书名延续了"红"的脉络,起初我把它唤作《红言爱情》,后改为《红酥手》。就像每个人都有自己的人生轨迹一样,也许在旅途中我和你悄悄地坐过

后 记

一站,你到站了,我还在欣赏着途中的风景,如是而已,而自我的世界里,却饱含了多少的人世沧桑和风花雪月。

风花雪月是爱情的代言人。我听见孤单,在隐忍的夜晚,是被爱刺痛啜泣着的胸膛。我是心门上了锁的一扇窗,我看见,年少轻狂时的自己在熟悉的路口,遇见心仪的女子小鹿乱撞的心情。我看见,鲜嫩的她撑着一把油纸伞走在江南的雨巷,装点了我青花瓷般的青春心事。

我看见,无数个窗户在黑夜里探出头来,像无数个女人在某个春天的路口探出头来,张望她们孤独而又充满渴望的一生,如果要给一生一个名词解释,那一定是"爱情",欲语还休的爱情,支离破碎的爱情,才下眉头却上心头的爱情,明知山有虎偏向虎山行的爱情,大智若愚大音希声的爱情,不一而足,一言难尽。

我想,对于世间万物,我们都需要重新打量。

在时间里打量。

在空间里打量。

在阅历中打量。

在幽微处打量。

在万丈深渊的苦思冥想中打量。

这样的打量,或许更接近爱情的篇幅,更接近爱情的疆土,更接近爱情的本真。

在这本书里,有时候我用或明或暗的事例来论证某种观点,有时候我从某一根遗憾的线索里来惊醒红尘中的男男女女,有时候我

红酥手

又从某个"无我"里链接某个"有我",对爱的人又爱又恨,对"爱"这件事又爱又恨,有自己的影子,也有他人的影子,只为无限放大,起飞,用夜的翅膀让爱情的鸟儿展翅翱翔,消失在遥远的天际,只留下无尽的想象和思索。

这是我追求的一种境界,也是想经由文字抵达的境界。我知道,肉身的境界毕竟太平庸,只有文字的触动更让人心动,就像这个世界上的女子,或许如今已不大容易被鲜花感动,被甜言蜜语感动,但古拙的手写情书,或许能让她们的心为之一震,继而眼角渐渐湿润,抬头看天,低头思故人。

想起吕本中的《采桑子》:"恨君不似江楼月,南北东西。南北东西,只有相随无别离。恨君却似江楼月,暂满还亏。暂满还亏,待得团圆是几时?"我轻轻地在黑夜的深处问了他一句,吕兄怎会如此爱恨交加?他默不作声。我想说的是,他的家乡我去过,他的想法我基本能理解。

问世间情为何物,直教人一生纠结。好在,爱情在时间里也不过是匆匆而过的过客。

赶路的人、追求的人都曾被时间堵在了高速上,概莫能外,何必太忧伤。这个一直下雨的星期天,窗外雨声缠绵,像一场场爱与恨边缘的长相思,既然不能长相思,不如长相忆。我塞上耳机,耳边是莫文蔚的《他不爱我》:"我看到了他的心,演的全是他和她的电影……"

又一个舍不得告别的夜晚。我在我的世界,你在你的世界。不

后 记

知道，我和你的相遇会在哪一个当下。

书里再相遇，我想我会记得你。

愿我们更懂爱，更值得被爱。

我爱你，温柔地说晚安。

甲辰初冬

于钱江源